WEEKLY
EXPOSE
悪戯《いたずら》Ⅲ
インターハート　原作
平手すなお　著
PARADIGM NOVELS 105

登場人物

都《みやこ》　本田勝彦の悪戯のパートナーをしている謎の美少女。

八重崎小町《やえざきこまち》　痴漢撲滅にかける帝東郷学園の学生指導部会長。

本田勝彦《ほんだかつひこ》　下の手線で日夜、痴漢に励む、高校生の悪戯師。

蒼野綾子《あおのあやこ》　森野城病院に入院している、憂いを帯びた美少女。

星野瞳《ほしのひとみ》　勝彦のむかし馴染み。現在はスナックのママ。

紺野《こんの》あずみ　大民宿駅前で、援助交際をしている女子高生。

本田美夜加《ほんだみやか》　勝彦の姉。いつも酔っぱらっている。

渡辺和正《わたなべかずまさ》　ナベさんと呼ばれる天才的な悪戯師。

夜路月杏《よろづきあん》　太夫こと、ナベさんのパートナー。

豊田翔児《とよたしょうじ》　指導部副会長。勝彦の宿敵でもある。

第二章 唯津希

第七章 寛美

★環状下の手線 路線マップ

目次

プロローグ

そのとき、俺はすでに今夜の獲物、八重崎小町《やえざきこまち》の背後に自分のポジションをうまく確保していた。そして、ガタンと列車が大きく揺れたのをきっかけに、まず彼女の尻に何気なく手の甲を当てた。この程度のことなら、どんな女だって自分の尻に触れた手の主が痴漢だなどと思いはしない。

次に指を少し曲げて、思い切って大胆に尻の割れ目にそわせて撫《な》で上げてみた。これではっきりと意図的に触っていることに気づくはずだ。

普通はここで、女の反応が大きく二つに分かれる。

気が強くて、こちらの手を握り返し、痴漢だと大声を上げるタイプの女は、素早く振り切って逃げるしかない。手強《てごわ》そうな獲物に接近する場合、逃げ道の確保にまで気を配ることも痴漢常習者の心得のひとつといっていいだろう。

だが、相手が声さえ上げなければ、やり方はいくらでもある。

ちょっとばかり、いやらしいことをされたからといって、恥ずかしさのあまり、声も上げられない古風な女は、今ではほとんどいない。

それでも最初に強い抵抗を示さない女は、かならずどこかにスキがある。

一度、少しでも感じさせると、〝こんなところで感じてしまっている自分〟という恥ずかしい現実にたえられなくて、ほとんど無抵抗になるのだ。

いや、こういう状況が女のエッチな気分をさらに昂《たか》めることもある。なかには行きずり

の関係の気楽さからか、共犯者的に快感をむさぼり、身を任せる女もいるわけだ。

この首都環状線『下《しも》の手線《てせん》』には、日夜、飽くことなく痴漢に励む、「悪戯師《いたずらし》」と呼ばれるワルたちが数多く巣くっている……。

彼らは、いわば〝痴漢のプロ〟たちだ。

そして、都立帝東郷《ていとうごう》学園高校に通う俺、本田勝彦《ほんだかつひこ》は、まだ駆け出しとはいえ、大人の悪戯師にはマネのできない、高校生ならではの有利さを最大限利用して、近い将来、最強のテクニックを誇る「悪戯師」になってやると心に決めた〝ワルの予備群〟なのである。

この高校生ならではの有利さを利用した〝俺の手口〟とはどういうものか？

一般的に成熟した女たちは、いかにもウブに見える童顔の少年が必死に触ってくることに対して、意外に寛大なものだ。これはつまり、見るからに厚かましそうな中年のオヤジなら許されないことも、簡単にできてしまう場合があるということだ。

そんな女たちの甘さにつけ込み、感じさせてしまう……。

これこそ、俺が得意とする手口にほかならない。

この年上の女との、スリルと興奮に満ちた痴漢の醍醐味《だいごみ》は、一度味をしめれば、もうやめることなどできないほど、堪《こた》えられないものといっていい。

けれども、今日の獲物はそんな大人の女ではなかった。いや、俺は悪戯師としての、さらなる成長をはかるため、近ごろは、年上の女ばかり狙《ねら》うのは、しばらく控えようとさえ思っていた。

八重崎小町。

じつは彼女は俺と同じく、帝東郷学園の生徒だ。

もっとも、このところ、めっきり学校に顔を出すことが少なくなった俺といっしょにされては、向こうだって迷惑だろう。コイツは、女のくせに学生指導部会長で、〝小町〟という女っぽい名前に反して、他校にまで、その名を知られた熱血少女なのだ。

成績も優秀。

ハナから勉強する気なんてない俺とは、デキがちがう。

では、どうしてそんな熱血少女に痴漢を仕掛けようと思ったかといえば、ワケがある。

この下の手線で、悪戯師らしい中年の二人組が、おもしろい話をしているのを、偶然耳にしたのだ……。

「おい、オマエ、近ごろ、痴漢をなくそうって見回りをしている女子高校生たちがいるのを知ってるか?」

プロローグ

「あぁ、なんかおっかねぇネエちゃんたちが頑ばっているんだってな」

「だけどよ。笑わせるじゃねえか。その見回りをしている女の子の一人が、この間、どこかのガキに悪戯されまくったんだってよ」

「ガキみたいな痴漢に女子高生がやられまくったって……。あっ、それって、ひょっとしたら、俺が見てた女の子かな」

「えっ？」

「笑ったなぁ、あれには……。ガキにしちゃ、上出来だったんだ。そのガキ、脱毛スプレーで、女の子の股《また》の毛を全部ナシにしちまったんだぜ」

「ホントかよ。それなら、きっとやりたい放題で、楽勝だろう」

「バカっ。その女の子についちゃ、俺もいろいろ調べたんだけど、その子、なんと帝東郷学園の学生指導部会長なんだぜ」


その日、俺は、例によって、座って、うつらうつら居眠りをしているうちに、深い眠りに落ちてしまっていた。何周も、この環状線をグルグルと回り、たっぷりと寝て、ちょうど目を覚ましたときに、彼らの話が耳に入ってきたのだ。

思わず、自分の耳を疑った。

あの生意気な八重崎小町が、痴漢に脱毛スプレーでパイパンにされたなんて……。

「詳しいんだな、オマエ」

「そりゃあ、あんなのに手を出して、ひどい目に遭うのはゴメンだからな。ああいうタイプの女の子は、きっと女の執念ってヤツで、やった男をとっ捕まえようと、地獄の果てまで追い回すぜ。あのガキ、いまごろ悲惨な目に遭ってるんじゃないかなぁ」

「おー、そりゃ恐い。恐いねぇ〜っ」


なあに、そんなに恐がることはないぜ、と俺は思った。小町は、プライドの強い女だ。弱みさえ握ってしまえば、自分が恥ずかしい目に遭ったなんて、口が裂けても他人にいえるわけがない。それなら、そこにつけ込めるスキがあるはずだ。

そして、真面目《まじめ》な面《つら》のわりに、意外に胸やケツはデカい小町のからだを思い浮かべているうちに、どうしても彼女のパイパンのアソコを撫で回してやりたくなった。


獲物を決めれば、俺はいつもすぐに行動にうつす。

さっそく、その日のうちに、学校のある帝東郷駅で見張っていて、小町がやって来たのを見つけ、こうして同じ車両に乗り込んだというわけだ。


列車内は、混んでいるうえに、暖房が効きすぎていた。

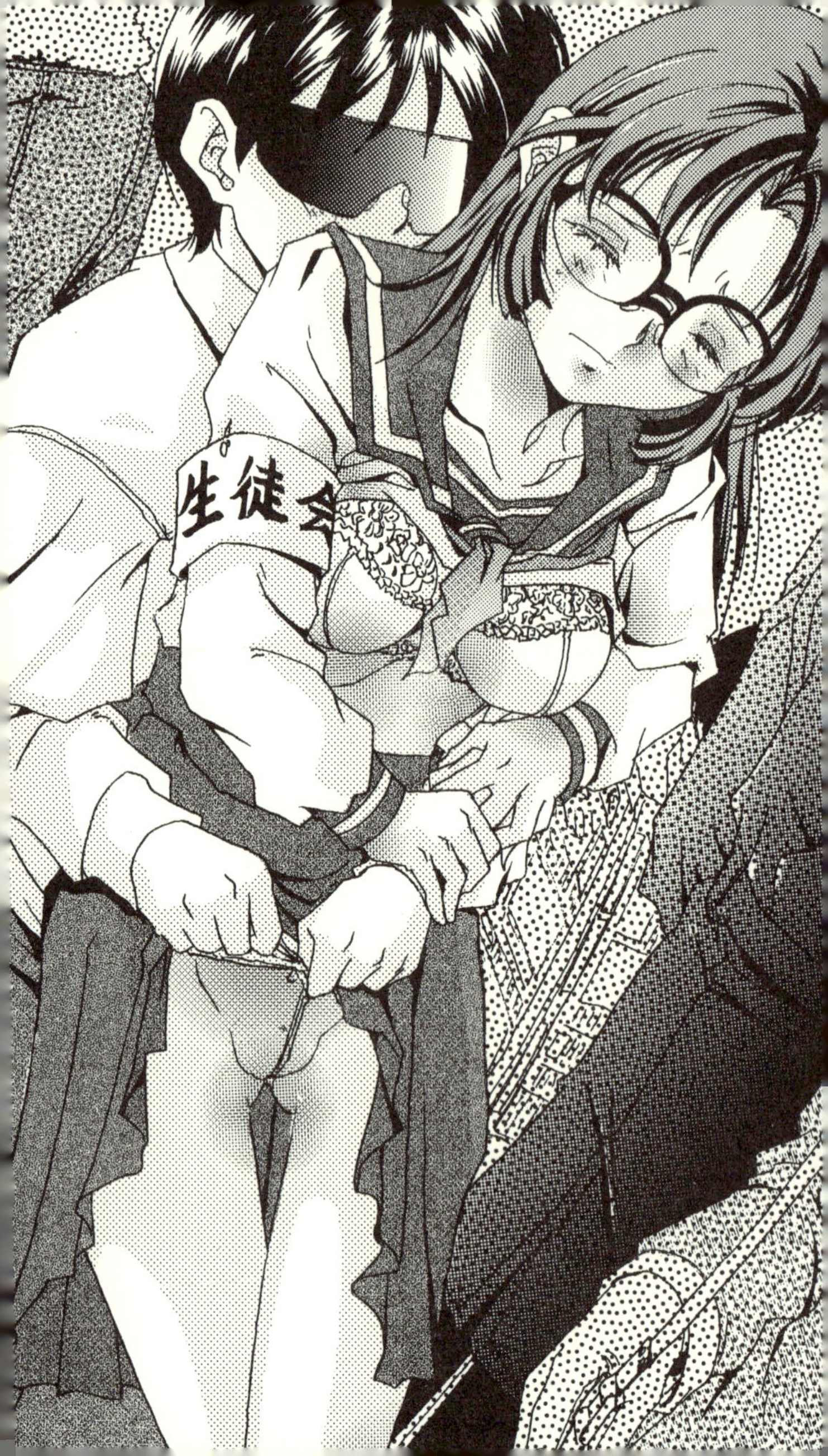
生徒会

今は十二月。

冬場のこの季節、誰でもみんな厚着になるのに、この車内の暖房は、電力の無駄遣いというものだろう。

グッと後ろから迫ると、小町のからだは、熱っぽく汗ばんでいた。

額や鼻の頭に、うっすらと汗をかき、うなじもじっとりと濡れて、からだに残っている甘いシャンプーや石鹸《せっけん》の匂いの中に、汗そのものの匂いが混じっていた。

男を発情させる、いい匂いだ。

俺は、そのうなじに鼻を当て、唇を半開きにして、熱い息を吐きかけながら、小町の胸や股間《こかん》をまさぐりはじめた。

と、そのとき、小町がすぐそばにいる乗客たちにも聞こえないほどの小声で囁《ささや》いた。

「ねぇ、本田君？　本田君なの？」

いくらサングラスをかけていても、同級生だ。気づかないはずはなかった。

だが、俺は答えず、舌を出して、うなじの汗をペロリと舐《な》めてやった。そのうえ、彼女のセーラー服の中に手を入れて、ブラの上から、これまた汗ばんだオッパイを掴《つか》んだ。

モミモミモミッ……、モミモミモミッ……。

二つの膨《ふく》らみをガッチリと鷲掴《わしづか》みにした掌《てのひら》で何度も揉《も》みまくると、小町はギュッと目を閉じて、息を荒げた。

「いっ、いゃぁ〜ん、もうっ」

ところが、この声も、他の乗客に気づかれないような小声だった。

どういうわけか、どうやら小町は、俺が痴漢として捕まったりすることを望んではいないらしい。

「もっ、揉むだなんて。あっ、やめて、やめなさい、いっ、いやぁ」

ハハハハハッ、やめてなんてやるもんか。とりあえず、オマエのパイパンをたしかめなきゃな……。

俺は、小町が小声でしか抵抗しないことをいいことに、さらにスカートをまくり上げ、一気にパンティごしにアソコを刺激してやった。

「ひっ、ひぃー」

直接ではないまでも、恥ずかしい、毛のないアソコに触れられてしまったということで、気が動転しているのだろうか？

小町は、両手で顔を隠すように覆った。

パンティは汗のせいで、最初から全体に湿り気を帯びていた。でも、パンティの上からでも、毛がないことがはっきりと分かるその部分は、汗だけでは考えられないヌルヌルした感じがあった。

俺は、もう回りの状況に気を配ることなどできないほど興奮していた。じかに小町のア

ソコを撫で回そうと必死になっていたのだ。

そうして、ようやく彼女のパンティをずり下げて、小町のオ××コに指先が触れた瞬間だった。

「ちぃやぁぁぁっ！」

俺は背後から聞こえた奇声もろとも、わけが分からないうちに、誰かに投げ飛ばされていた。次の一瞬、床に転がって、なんとか起き上がろうとしたとき、俺を投げ飛ばしたらしい、武道着を着た見知らぬ小娘に、頭を足で踏んづけられていた。

「おい、あんまり人様に迷惑をかけるもんじゃないぞ」

「ちっ、なんだよぉ、足をどけやがれ。ううぅ、痛っ、いったぁ」

腰を激しく床にぶつけたせいで、本当に涙が出るほど痛かった。

俺を投げつけた小娘には、あと二人、仲間がいた。その一人が、憎々しげに俺を睨《にら》みながらいった……。

「主将、コイツ、捕まったからって、反省なんかするタマじゃなさそうですぜ」

みんな、どう見ても、俺と同い年ぐらいの女子高生らしい。そして、〝主将〟と呼ばれているヤツは、いかにも強そうで、俺がかなう相手ではないと思わざるをえなかった。

「ちっ、なんだよ。さっさと警察にでも連れて行けよ」

プロローグ

俺は、ふてくされ、観念していった。いつか、こんな日が来ると思っていた。

しかし、〝主将〟と呼ばれた女子高生は、いい放った。

「われわれは警察に突き出すために、こうして見回って、痴漢を捕まえているわけじゃない。この下の手線には、どの車両にも、オマエみたいな痴漢がいる。だから、見せしめとして、その場で制裁を加えているんだ」

「せっ、制裁だと、ふざけるな。さっさと警察に連れてけってんだよ」

頭を踏みつけられつつも、俺はもがきながら、叫んだ。

「主将、はやく制裁を加えましょうよ」

それまで黙っていたもう一人も、見るからに武道一直線という感じだった。

〝主将〟はしばらく、じっと俺を見つめていた。そして、俺を見下すようにいった。

「……オマエ、若いな。こんなことですべてを棒に振らせるのもかわいそうだから、今回は許してやる。しかし、次、またやっているところを見つけたら、容赦《ようしゃ》はしない……。これに懲りたら、二度とバカな、痴漢なんてしないことだな」

何が、「オマエ、若いな」だ。オマエだって、女子高生のくせに……。

こんな小娘にバカにされたことが、情けなかった。

それで、俺は一矢《いっし》報いるために、せめてこの武道着の女子高生のケツでも撫でて逃げてやろうと、立ち上がりざま、手を伸ばした。

これが、いけなかった。

「やぁぁぁあああっ」

という気合いとともに、今度は腹に、したたか空手の突きをくらった。

もう息さえ、できなくなった。

目の前のものすべてが、霞《かすみ》がかかったように真っ白に見え、ふたたび俺は、床に倒れ込んでしまった。

「次の駅で降ろしてやれ」

主将風を吹かす、偉そうな女子高生の声がいまいましかった。

ちっ、畜生……、この野郎、絶対に、この恨みを倍にして返してやるからな……。

俺は、声には出さずに誓った。

この武道着の女子高生も、小町も、みんなみんな、いつか、ヒーヒーいわせてやらなくっちゃ、俺はもう気がおさまらなくなっていた……。

第1章　痴漢撲滅運動

その週から、ようやく冬休みがはじまった。

普段から学校をサボってばかりいる俺には、あまり関係がないが、普通の高校生たちは、夜更かしをして遊びまくり、朝ゆっくりと寝ていられることが嬉しいにちがいない。

だが、痴漢の腕を上げるために修業中の俺は、朝が早い。

早朝から午前中いっぱいと、夕方から深夜まで、ずっと、下の手線を利用して、獲物を物色しているからだ。もっとも、毎日、午後はたっぷり車中で昼寝をしているので、別につらいわけじゃない。

この日も、俺は午前六時過ぎ、もう帝東郷駅にいた……。

朝一番から、なぜ学校のある帝東郷駅にいたかといえば、休みに入ったとはいえ、先日アソコの毛がないことをたしかめてやった八重崎小町の動向が、やはり気にかかったためだ。


前日、俺は小町に、手ひどく、とっちめられていた。

小町は、誰もいない教室に俺を引きずり込み、じっと俺の目を見据えていった。

毛のないアソコまで触られまくった当事者のくせに、誰か別の女生徒が俺に痴漢されたみたいないい方だった。

「でね、昨日《きのう》夜遅くまで、ずっと考えてたんだけど、さすがにあのことを表沙汰《おもてざた》にする

と、学校のイメージが悪くなって、先生方もお困りになると思うのよ……」

「ケッ、学校のイメージだって……。オマエは、自分がアソコを触られたのを知られたくないだけじゃないのか？　俺の指には、まだオマエの匂いが残ってるぜ！」

「よくそんないい方ができるわね。でも、表沙汰にしないからって、そのままですますわけにはいかないわ。だって、アナタみたいな人を野放しにしておくと、また第二、第三の犠牲者が出ると思うの……。ああいうのって、一回味をしめると、繰り返してやりたくなるものなんでしょ」

「ハハッ、オマエがやってほしいんだったら、いつでもやってやるぜ」

「もう……。自分が、どんなにひどいことをしたか、分かってないのね。単刀直入にいいます。アナタのような人は、この冬休みに、絶対またやらかすと思うの……。だからね、学生指導部会長として、アナタをしっかりと監督するために、明日《あした》から毎日、午前中、学校に出て来てもらおうと思っているの。一応、自由参加ってことになってるけど、落ちこぼれ組のための補習を受けにくれば、それでいいことにしてあげるわ」

「えっ、補習だと？　嫌なこった、なんで俺が……」

まったくバカバカしかった。

いかにも小町らしいというか、優等生らしい発想だとしかいいようがなかった。

コイツが、こんなふうに俺をいいなりにできる気でいるとすれば、お目出たいにもほ

どがある。

「ふふっ、強がってもダメ。アナタには選択の余地なんてありっこないの。あの痴漢行為で訴えられて、いきなり退学にならないだけでも、感謝してほしいわ」

「ちっ、オマエのろくでもない話に付き合う気なんて、絶対ないからな」

「補習がイヤなら、私がじかに教えてあげてもいいわ」

「はぁ？　やなこった。誰がオマエなんかといっしょに、貴重な冬休みを過ごさなきゃならねぇんだよ、コラ、たいがいにしとけよ」

それこそ、妙な話だった。補習というのは、教師がデキの悪い生徒の面倒をみてやるためにするものだろう。小町がいくら成績優秀だからといって、俺が小町に無理矢理勉強をさせられるのは、変じゃないか。一瞬、俺は、コイツ、ひょっとしたら、俺とふたりっきりになりたがってるんじゃないかとさえ勘ぐった。

「……それにしても、最近、未成年者の性犯罪が増えていることは知っていたけど、まさか私自身も被害を受けるとは思わなかったわ」

「ふーん、物好きもいるもんだな」

「何よぉ、アナタは物好きであんなことやったっていうの？　いくらでも憎まれ口をたたくといいわ。徹底的にその根性をたたき直してあげるから」

「ヘン、オマエだって、感じてただろ？　パンツがヌルヌルだったぜ」

そういうと、さすがに小町は、怒りをあらわにして、俺を突き飛ばし、声を荒げた。

「お黙りなさいっ！　私は、ことを大袈裟《おおげさ》にしたくないだけなの。だから、まだ大場《おおば》先生への報告も控えているのよ。そういう私の気持ちが分からないの！　アナタはあくまで加害者なのよ！」

そのあまりの剣幕に、俺はしかたなく、少しだけ、その場かぎりで、殊勝なところをみせてやることにした。

大場満智子《まちこ》という学生指導部の顧問は、俺も苦手なヤツだった。まだ三十前の独身の女教師だが、けっこううるさい……。小町をあまり怒らせると、その教師に告げ口をされて、もっとまずいことになりかねなかったからだ。で、なんとか彼女をなだめすかして、このあと、やっとの思いで、彼女を振り切って帰ったのである。

いわれるままに、補習を受ける気なんてなかったが、俺としても、小町がこの先どう出るかは、もちろん気にせざるをえなかった。


帝東郷駅は、早朝でも、人出の多いことで知られる駅である。

俺たちの通っている高校だけでなく、学校が多く、学園都市として有名だが、古くからの住宅地も、バスで数分のところに広がっており、この駅から下の手線に乗って職場に通勤する人が、大勢いるのだ。ビジネス街をひかえた駅は、降りる客が多い時間帯に

人でごった返すが、ここ、帝東郷は、これから乗る乗客が多い時間帯のほうが、人が多いというわけだ。

ところが、この日の駅前の人だかりは、不思議なことに、ただ駅に向かう人たちが群れをなしているだけではなく、なんだか、もっと熱気に満ちていた。

俺は最初、その人だかりが何か、まったく気にしていなかった。

だが、スピーカーを通して聞こえる甲高い声に、聞き覚えがあった。いや、聞き覚えがあるどころではない。それは紛れもなく、あの小町の声だった……。

小町はなんと声を張りあげ、堂々と演説していた。

「通勤、通学中のみなさま、しばらくの間、足をとめて、私の話をお聞き下さい。みなさまは、最近、この下の手線において、従来にも増して、痴漢の被害に遭う女性が激増していることをご存知でしょうか。不埒《ふらち》な痴漢たちが、おとなしく、羞恥心の強い、若い女性ばかりを狙《ねら》って、まともな人間なら考えられないような恥知らずな行為にふけっているのです。ところが、こんな破廉恥な愚行が行われているにもかかわらず、自分が関わりを持ちたくないばかりに、残念ながら、気づいているのに、見て見ぬフリをする方が多いという嘆かわしい現実があるのです。このような痴漢をいつまでも野放しにしておいてもよいのでしょうか？　私たちは、許すべからざる行為には、断固として、立

生徒会

ち向かわねばなりません。じつは、恥を忍んで打ち明けますと、私も先日、被害に遭ったのです。残念ながら、加害者を逃がしてしまいましたが、そのとき、私は決意したのです。泣き寝入りはしない、彼らに対する闘いの声をあげようと……。どうか、みなさまも、女性の敵、痴漢を撲滅すべく、私たちの痴漢撲滅運動にご協力くださるように、ぜひとも、お願いいたします」

「げっ、てめえは、犯人が俺だと気づいても、警察に突き出さなかったじゃないか。まったく、自分が痴漢に遭っても抵抗できないくせに、よくいうぜ」

俺は、聴衆をかき分けて、前に出ながら、そう思った。

小町は、指導部の役員たちを従え、引き続き拡声器を片手に大声でまくしたてていた。

俺は、当然そんな小町をバカにしきっていたが、悔しいことに、聴衆のなかには、感心して、耳をかたむけているヤツもいるようだった……。

「まだ若いのに、すごい勇気のある人ね」

「まさに女の鑑だわ」

すぐ後ろにいるOLも、わが意を得たとばかりに、同調していた。

こんなくだらないことで、正義感にかられて盛り上がれるヤツがいるなんて、俺には信じられなかった。だが、回りを見渡すと、拍手をするヤツや声援をおくるヤツ、指導

部の連中に握手を求めるヤツさえいる始末だった。

　俺は、ふと、思い出した。そういえば、あの小町のことを話していた悪戯師たちが、痴漢をなくそうと下の手線で見回りをしている女子高生がいるといっていたことを……。

　あれは、もともと小町を中心とする指導部の連中が、すでにそういう活動をしていたということなのだろうか？　それとも、脱毛スプレーを使ったガキや、俺に頭に来て、小町たちも他校の女子高生グループと足並みを揃えて、大々的に運動をはじめたということだろうか？　いずれにしても、小町たちは、これから、俺たち痴漢常習者に対して、はっきりと闘いを挑もうとしているのだろう。

　これは、俺としても、相当に厄介な話だった。で、ヤツらを取り巻く人々のざわめきを背に、俺はしっかりと、その挑戦を受けてやると自分の肝に命じ、その場を後にした。


　同じ日、俺は大民宿駅《おおたみじゅく》で、またしても指導部の連中を見かけた。

　大民宿駅は、帝東郷の隣駅だが、一流企業が立ち並ぶビジネス街と、そこで働く男女のありとあらゆる欲望を呑み込む巨大な大歓楽街を持つ都の中心地だけあって、ラッシュ時の人混みは、他の駅より抜きん出て、ものすごい。

　小町たちは、ひと駅ずつ移動しながら、同じ演説を続けているらしかった。

　俺は、どうせ聞いてもしかたのない小町の演説なんて聞く気はなかったのだが、彼ら

の集団がウロウロしているそばを通りかかったのが、失敗だった。雑踏に紛れていたのに、運悪く、俺が学校中で一番嫌っている男に見つかってしまったのだ。

男の名は、豊《とよ》田翔児《たしょうじ》。

彼も、成績が優秀で、スポーツも万能。おまけに、女子生徒にキャーキャー騒がれる甘いルックスまでかねそなえた、まるで何かのドラマか漫画から飛び出してきたかのような、嫌味なオールマイティー野郎なのだ。

さらに、この、ろくでもない男は、小町とともに学生指導部の副会長もしているので、何かにつけて、俺に突っかかってくる……。

「なんだ、誰かと思えば、本田君じゃないか。おや、たしかキミは、補習に出なければいけないはずじゃなかったのかい？」

「ケっ、嫌なこった。誰が休みのときに、学校なんかに行くかよ。ま、休日手当でも出るってんなら話は、別だがよ、へへっ。それにしても、てめえ、よく俺だって分かったな」

「キミのようなアブナい犯罪者は、どこにいたって、すぐに分かるさ。薄汚い、いかにもあやしげな特徴があるからな。うちの制服を着ていなくても、顔を見なくとも、背中に捺《お》されてある〝悪党〟という焼き印で、簡単にキミだって察しがつくさ」

「ちっ、ムカツく野郎だな、こっちだって、てめえが一皮むきゃぁ、人の皮を被《かぶ》ったドスケベなケダモノだって、お見通しだぜ。おーい、みんな聞いてくれぇ、〝痴漢撲滅〟だと。笑わせるなってな。こういう真面目ぶったヤツに限って、女のケツを見ただけで、目の色を変えて、襲いかかるんだぜ！」

俺は、大声でわめいてやった。

「なんだと、キミ、もう一度いってみたまえ、返答次第によってはタダではすまさんぞ」

「上等じゃねえか。俺に喧嘩《けんか》を売ろうってのか！」

豊田の偽善的な顔を見ているうちに、ムカムカと腹が立ってきて、俺は、右手を握りしめ、ヤツのほうに向かっていった。

「本田君。それでファイティングポーズのつもりなのかい。野蛮なことは嫌いだが、キミみたいな悪党は、やっぱり痛い目をみないと何も分からないようだな」

そういうなり、豊田がパンチを繰り出した瞬間だった。

「豊田君、おやめなさい。そんな人の相手をするだけ、つまらないわ」

いつのまにか、小町がすぐそばにやって来ていた。

俺は残念ながら、腕力は、並の女より弱い。正直、小町が止めに入ってくれて、有り難かった。だが、彼らに、そんなそぶりを見せるわけにはいかない……。

「おい、オマエ、いったい何をやらかすつもりなんだよ。ずいぶん、ご大層なごたくを

偉そうに並べてよ」

豊田を無視して、小町に聞いた。

「あら、本田君も聴衆の一人だったの？　ふふっ、ごらんのとおりよ、つまり、誰かさんのような人を、完全に下の手線から追い出すってことね」

小町は、自分の演説に自ら陶酔しきっていたのか、興奮を引きずったまま、俺を見下していった。

「ケッ、バカか、オマエは。貴重な冬休みの時間を、そんな〝運動〟に当てるなんて。指導部会長なんて、おやまの大将をやってると、アソコに毛の生えてないガキみたいに、子供っぽくなっちまうみたいだな。ひょっとして脳みそのてっぺんに、お子様ランチの旗でも立ってるんじゃやねぇかぁ」

「やめたまえ、本田君。そんな失礼なことを。完全にセクハラだぞ。八重崎さん、彼みたいな軟弱者にかまっている暇はないよ、早く次の駅へ移動しよう」

豊田が、小町の手を引いた。だが、〝毛のはえてないガキみたい〟という言葉がよほど効いたのか、小町は、恨みがましく、キッと俺を睨《にら》みつけた。俺は、小町の目を見返して、精一杯、挑戦的に目を逸《そ》らさずにいってやった。

「だがよお、こんなことして、本当に痴漢がいなくなると思ってんのか？」

「あのねぇ、こういった宣伝活動は地道にやらないと、意味がないのよ。大勢の人の力

を結集するためには、絶対に欠かせないことですからね。でも、これくらいは序の口よ、この程度のことは、まだ痴漢撲滅運動の一環に過ぎないわ」

「おっ、おいおい、これ以上、何をするって、いうんだよ」

ただでさえ俺にとっては、目障りな存在なのに、まだ何かをするつもりらしい……。

「まぁ、闘いは、これからが本番なんですからね、アナタも、心当たりがあったら、覚悟しておくことね」

相変わらず、俺のことは、なんでもお見通しだとでもいいたげな言葉を残し、小町たちは、指導部の連中をぞろぞろと引き連れ、駅の改札の方へと歩いていった。


俺はしばらく大民宿駅のホームで、考え込んでいた。

いうまでもなく、おとなしくしているつもりなんてないわけだが、どうせ悪戯をするなら、小町たちの仲間を獲物に選んだほうが、気分がいいだろうと思ったのだ。

といっても、指導部の連中は、小町と行動を共にしている。だったら、小町たちと協力関係にある他校の女子生徒はどうだろう。そうだ。下の手線内で、痴漢をやめさせるために見回りをしている女子生徒は、この前の武道着の女たちだけではないだろう。

痴漢の敵ともいうべき女子生徒を、こちらが先に見つけて、餌食《えじき》にできれば、きっと痛快なはずだ。よし、とりあえず、下の手線を一回りしてみよう。どいつが痴漢の敵か

は、多分少し気をつけていれば、分かるだろう。だが、どうせ餌食にするなら、いい女じゃなくちゃ……。俺はそんなふうに決めて、下の手線に乗り込み、さっそく乗客たちを、気をつけて観察しはじめた。

しばらく、俺は、無駄な時間を過ごしていた。だが、それも長くはなかった。またしても小町が、この下の手線内をウロウロしているのを見つけたからだ。さっそく、俺は、車両から車両へと移動する小町の動きを追った。それで、彼女と協力態勢を組んでいるらしい他校の女子高生を、労せずに見つけることができたのである。

俺は、何やら、小町とひそひそ話をしている、その女を見て、すぐに、その気になった。どちらかといえば、大柄で、抵抗されると面倒そうだったが、顔とスタイルは、なかなかのものだった。それに、鼻っぱしらが強そうなところが、いかにもなぶりがいがありそうに思えたのだ。

彼女たちに気づかれないように近づいて、二人の話に耳をすませた。

「どうかしら？　そっちの車両の方は？」

と、小町。

「今のところ、特に何もないよ」

小町の友達らしい他校の女子高生が答えた。

「本当に悪いわね、冬休みだっていうのに。そっちも受験勉強とか、塾とか、きっと忙しいんでしょ」

「別にいいよ。ろくでもないヤツをとっちめんのって、ストレスの解消になるから。それに小町といっしょに何かするのって、久しぶりだろ。昔、アンタといろいろ遊んだころに戻ったみたいで、けっこうワクワクするよ」

その女子高生は、それがくせなのか、男みたいなしゃべり方をするヤツだった。

「そういってもらえると、嬉しいけど。アナタが一枚加わってくれたら、きっと他校にも影響力があると思うの。アナタって、下級生の女の子に、お姉様って、慕われてるタイプでしょ」

「やだなぁ。それじゃ、ボクがレズみたいじゃないか」

「ごめん、寛美《ひろみ》。寛美が、レズのワケないよね」

「ハハハ。まぁ、いいよ」

その、男みたいなしゃべり方をしていた女子高生は、寛美というらしかった。

俺は、小町が隣の車両に移動して、完全に見えなくなるのを見さだめてから、その女子高生のそばに、自分のポジションをとった。

よし、悪戯のはじまりだ。俺は彼女の後ろへと回り込み、例によって、脇の下から両

腕を差し入れて、まずオッパイを揉《も》みしだいた。すると、彼女が小声で聞いてきた。

「んっ？　痴漢？　痴漢なのかい？」

まったく、痴漢が「アナタは痴漢ですか？」と尋ねられて、「はい」と素直に答えるはずがないだろう。なんてトロい、バカな女だ、と俺は思った。

だが、彼女はふたたび聞いてきた。

「オマエ、痴漢なんだろ？　返事くらいしたら、どうなんだ」

俺は答える代わりに、今度は乳首をさぐり当てて、優しく摘《つま》んで愛撫《あいぶ》してやった。これでも故意に触っていると思わないなら、よほど、どうかしている……。

「オマエ、ホントに……、痴漢じゃぁ……」

さらに念入りに愛撫を加えると、感じだしたのか、怯《おび》えているのか、彼女の話し方がちょっと歯切れのわるいものになってきた。

言葉もはっきりとせず、口ごもるような感じになったため、俺はもう安心して、胸といわず尻といわず、からだじゅうを触りまくることにした。

ところが、じかに胸に触ってやろうと、俺がボタンに手をかけたとき、突如、彼女が怒りに声を震わせて、またしゃべりだした。

「ひっ、卑怯《ひきょう》者！　なぜ、何もしゃべらないんだ。オマエ、痴漢なんだろ？　いい加減にしろよ。何、ダンマリを決め込んでるんだ！　後ろにピッタリとくっついて、気持ち

悪いんだよ！　ええい、離れろ。まぁだ、しゃべらない気なのか！　図々《ずうずう》しいヤツめぇ」

　ここで大声を出されたくはなかった。

「静かにしろ。今、オマエは痴漢に遭ってんだぜ。大声を出して恥をかくのは、俺とオマエのどっちか、それくらい分かるだろ？　……寛美ちゃ～ん」

「えっ、どっ、どうして、オマエ、ボクの名前を……」

　驚きで声を詰まらせた彼女は、なぜか、ハッと何かに気づいたような顔をして、俺の方に向きなおった。それで、俺はここぞとばかりに正面にある彼女の胸に顔を埋めた。

　頭の上から、彼女がいった。

「オマエ、ひょっとしたら、本田勝彦ってヤツだろ？　このボクに触ったことを、今すぐ後悔させてあげるよ」

　そういうなり、彼女が俺に押し当てたスタンガンの衝撃は、息がつまるほど強烈だった。ビリビリビリッ、ビリィーッ。

「うっ、うがあああぁぁ」

「どうした、スタンガンは、はじめてなのか？　本田君？　オマエ、本田ってヤツなんだろ？」

「うっ、ううっ、ちっ、畜生っ……、だったら、どうだってんだよ？」

　俺は、のたうち回りながら、呻《うめ》いた。

「オマエが本田ってヤツなら、小町さんから聞いてるんだろう？　オマエみたいな痴漢を、この下の手線から撲滅しようって、みんなが協力していることを……」

「……」

「でも、オマエ、大したテクニックじゃないんだな。ふふふっ、そんなじゃ、相手がボクじゃなくても、すぐに捕まること、まちがいなしだなぁ。どうせ、なんのモラルの持ち合わせもなく、逮捕されても、また、きっと懲りずに再犯を犯すんだろうけどな……」

「なっ、何を！　コノ野郎っ！」

「まぁ、今回だけは見逃してやるよ。とっとと消え失せろ！　バ〜カ」

ちっ、畜生っ、完全にバカにされたあげく、俺は、このときも女に情けをかけられる側になってしまったわけだ。さらにみっともないことに、スタンガンの衝撃で、俺はだらしなく、失禁してしまっていた……。

それで、彼女が立ち去った後、替えのパンツを買うために、駅構内にあるコンビニへと急いだのだった。


俺はその午後、ずっと腹の虫がおさまらなかった。誰かを手ひどくやっつけてやらないと、このむしゃくしゃした気分は晴らせない。

いや、誰かではなくて、やはり小町を今晩、絶対に餌食《えじき》にしなきゃ、と俺は思った。

そして、六時半ごろ、俺はまた、帝東郷駅から下の手線に乗る小町を見つけた。

小町は俺に気づいて、逃げようとした。だが、俺はすぐに彼女に追いつき、もう今度こそ、逃げられないように追いつめて、情け容赦なく、触りまくってやった。胸を揉み、うなじに舌を這《は》わせ、うむをいわせず、尻たぶを掴《つか》み、スカートの中に手を入れた。

「そっ、そんな！　いったい、どれだけひどいことをすれば、気がすむの？　やめて、あっ。んんっ……、こんなこと、いけない……。いや、よして。こんなの、痛いだけよ。はぁぁんっ……。だっ、ダメよ！　ダメなの、そこは」

〝痛いだけ〟などといわれて、俺は自分のやり方を少し変えた。俺にも悪戯師としてのプライドがある。それで、もっと感じさせようとあせった……。

まわりの乗客は、根性なしばかりで、みんな、見て見ぬふりを決め込んでいるようだった。というより、抵抗しながら、ときどき、甘い声をあげる小町を見て、おもしろがっているヤツさえいるだろうという感じだった。

俺は、これ幸いと、スケベな乗客のために、小町の胸をはだけさせ、オッパイをむき出しにしてやった。

「あうぅぅっ……。やだ！　恥ずかしいくらいに勃《た》ってる……」

たしかに彼女のいうとおり、乳首がいかにも吸ってくださいといわんばかりに、ツンと固くなって、突き出していた。もちろん舌を使い、ピチャピチャと音をたてて上半身

を舐《な》めまくり、そのとんがった乳首に吸い付いてやった。

「ひゃんっ！　あくうぅぅっ。そ、ソコぉ、ダメぇ……、あぁあぁぁっ、からだが溶けるぅ……」

もう彼女の抵抗は、ずいぶんと力ないものになっていた。スカートをまくると、思ったとおり、パンティがじっとりと濡れているのが見えた。

そればかりか、毛がないせいもあって、その部分から、ヌメっとした液体が溢れて、垂れはじめているのが丸見えになった。

そのパンティも一気にグッとずり下げてやった。小町は辛うじて自分のパンティを掴んで、必死になって、完全には脱がされまいとしていた。

もう誰も、俺をとめることはできなかった。俺は小町の下半身に顔を近づけ、そこを舐めようとした。小町は急に激しく抵抗して、俺の顔から、その部分を守ろうとした。

そこで、俺はついにジーパンの前をあけて、自分のモノを出すことにした。

「やだ！　ダメよ！　このっ。このぉーっ！　ナニ出そうとしてるのよ！　これ以上、恥をかかせないで！　何を考えてるのよ！　こんなとこで、そんなこと、ダメに決まってるでしょ！　いい加減やめて！　んんっ、ふぅぅっ、やめなさいよ」

あまりのことに、それまで回りにいた乗客も、いつのまにか、一人残らず、俺たちの

そばからいなくなっていた。

俺は、小町が逃れようとするのを、引きずり戻し、彼女を座席に押し倒した。

「いやあぁあっ、本田君？　きゃああーつ、いやあぁぁっ、誰か助けてえぇっ」

「バカ野郎っ、でかい声出すんじゃゃねぇ、死にてぇのか！」

そういって、俺は、即座に声を出せなくなるくらい、恥ずかしいポーズをとらせようと、小町の両足首を掴み、思いっきり、足を開かせようとした。

「痛いっ、やめてえぇっ、痛いから、足を掴まないでぇ」

「痛いのは、いやかぁっ？　じゃあ、もっともっと感じさせてやる！」

「いやっ、もうダメっ、もう変なこと、しないでぇえっ」

小町は、俺が直接彼女のもっとも恥ずかしい部分をいじくってやろうと、両足首を放した一瞬のスキを見計らい、俺に蹴りを入れようと、足をバタバタしていた。

しかし、そのせいで、さらにきわどくパンティがめくれあがり、濡れて光る割れ目まで、チラチラと見えてしまっていた。

「おらおらっ、もう観念して、みんな見せちまえよ。さぁ、おまちかねの、おミャンこ丸出しの刑を執行してやるからよ、ケケケっ」

「もう、いゃだぁっ、もう、いい加減に放して！」

「しっかし、オマエのパイパンがこんなにそそるシロモンだとは思わなかったぜ」

「いやぁあんっ、そんな恥ずかしいこと、耳元でいわないでよおっ！」

「さあ、見てくれだけじゃ、具合のほどは分からねえからな、ほらほらほらっ、おまちかねのモノを入れてやるぞぉ、へへっ」

そのとき、小町が何を思ったか、それまで目をそむけていた俺のモノをグッと握った。

次の一瞬、そそり勃っていたペニス全体に激痛がはしった。小町が折れそうになるほど、強く掴んだからだ。

「いっ、痛いっ、痛いっ、まっ、待てっ、やめろ。話し合おう、そっ、そうだ、それがいい、落ち着くんだ、まず話し合おうじゃないか？」

「何が話し合いよぉっ、そんな調子のいいこと、いわないでよ！　今度こそ許さないいんだからぁ」

小町は、それでも、まだ、握力を弱めようとはしなかった。

「も、もう、いい加減にしなさいよぉ。もし、また、変なことをしたら、今度こそ、折っちゃうからねっ、分かった？」

「わ、分かった。分かったから、息子だけは許してやってくれ」

そういうしかなかった。それで、小町はようやく、ゆっくりとペニスから手を放し、何もなかったかのように、立ち上がり、半分脱げかかったままのパンティを、ふたたび穿《は》き直した。

「もっ、もう。本田君のバカぁぁっ」

乱れた衣類を直した小町は、そう怒鳴り上げると、遠くから恐る恐る眺めている乗客たちの視線を無視し、隣の車両へと姿を消していった。


さて、この日の話には、もう一つオマケがあった。

俺は、さすがに疲れはてて、早く引き揚げようかとも思ったのだが、ふと思い出して、知り合いの盗撮マニア、テルシーこと、日野輝志《ひのてるし》が、町中の女子トイレに設置している、ビデオカメラの映像を見に、彼がモニターを隠している秘密の場所に立ち寄ることにしたのだ。

そして、なんと森野城《もりのじょう》公園の女子トイレに入った小町を発見したわけだ。

小町は、トイレに入るなり、深いため息をつき、スカートの中に手を入れて、パンティを脱ぎはじめた。

んっ、なんだ、あいつ、しゃがみもしないで、何をしようってんだろう？

俺はいぶかった。妙な腰つきで、洋式トイレに向かって立ったままで、中途半端にパンティを下ろして、自分の下半身を覗《のぞ》き込んでいる小町の姿が、相当に変だったのだ。

しかし、いかにも盗撮マニアが設置したカメラだけのことはあった。変態が泣いて喜ぶようなアングルで、彼女の下半身を眺めることができたからだ。

俺も、小町が視線を定めている箇所へと目を向けた。

彼女は、巾着袋《きんちゃく》から何か筒状の物を取り出して、片足を便器の縁に乗せた。

おおっ、すげえっ、モロ見えってヤツじゃねぇか？

俺は思わず、舌なめずりをしてしまった。片足を便器に乗せたせいで、尻の穴はもちろん、乾いた状態のオ××コまで、モロに見えた。

だが、俺は彼女がこんな変な格好になったのが、タンポンを入れるためだと、すぐに気づいた。小町は、それを入れやすくするために、さらに股《また》を大きく開いた。すると割れ目が左右に分かれ、その間からキレイなピンク色の粘膜がチラリと見えた。

あの野郎、あんなに激しく抵抗したのは、生理中だったためだったのか。

俺はそう思った。小町は、タンポンを使うことには、あまり慣れていないのかもしれなかった。深いため息を洩《も》らして、ためらいながら、ようやく、そろそろと入れはじめた……。

よし、そこで、ブスっと入れちまえ、ブスッと、よう。

まったく、まだるっこしかった。

そんな細いモノですら、入れるのが恐いなら、俺のじゃ、どうするんだよう。

俺は、手に汗を握った。

小町が、眉をハの字にし、ちょっとセックスの最中を思わせる表情になった。

「あぁんっ、んっ。痛ぁ〜ぃっ。んんっ……」

そんなふうに呟《つぶや》いているようにさえ見えた。

……太股《ふともも》をくねらせ、挿入の痛みに耐える小町。

本当に、それは大人のおもちゃでオナニーをする女を見ているような、妙に色っぽい絵面《えづら》だった。

ようやく挿入し終えた小町は、パンティを穿き直すと、タンポンの紐《ひも》が脇からはみ出していないかを確認した後、トイレから出ていった。

俺と小町の物語はまだはじまったばかりだ。なぜか、俺は自分がいつか、この女と本番をするだろうと根拠もないのに、信じる気分になっていた。

第二章　仕込みは念入りに

もしも誰かに、痴漢のプロとアマの違いについて聞かれたら、いったいどんなふうに答えるだろうかと、俺はときどき考えることがある。

そもそも痴漢にもプロがいるなんて、普通の人は考えてもみないだろうが、プロというからには、痴漢だって、プライドも美学も持っていなければなるまい。

たとえば、その場の出来心で、フラフラと手近な女を、つい触ってしまうような、うだつのあがらない、小心者の中年男は、プロからほど遠いド素人だ。

俺の考えでは、プロなら、まず、自分が、見つかれば犯罪者として裁かれる行為を、あえてしているという自覚を持つべきだろう。

これは、反社会的な行為を実行にうつすためには、当然、それなりの勇気が必要だということだ。

また、プロの痴漢は、単なるセクハラ男でも、強姦魔でもないはずだ。

だとすれば、あくまでも自分のテクニックで、相手を感じさせ、女に〝共犯者的な快楽〟を味わえるようにしてやらねばならない……。

さて、悪戯師《いたずらし》たちは、ただ行きずりの女を獲物として選んでいるわけではない。じつはターゲットとする女のことを、あらかじめ、いろいろと調べ、その情報収集を〝仕込み〟と呼んで、重視しているのだ。

さらに、この情報収集には、やはり仲間がいたほうが何かと便利なので、〝悪戯のパートナー〟とでもいうべき相手を従えている悪戯師も多い。

で、俺は、そのとき、俺の〝悪戯のパートナー〟である都ちゃんと、久しぶりに、彼女がいつも乗っている車両で話していた。

この下の手線は、ラッシュ時にはものすごい数の乗客がひしめき合っている。

しかし、昼間になると、途端に利用客が減少する。

そのため、乗車率の低い時間帯は、ほとんど貸し切り状態といってよく、俺と彼女が、こうしてゆっくりと情報を交換できる場もあるというわけだった。


「やっ、都ちゃん。こんにちわっ」

「ふふっ、すごいね。また成功したんでしょ」

「いや、それほど、うまくいってもいないんだ。やっぱり、俺には都ちゃんの力がなくっちゃ、まだまだダメだってことだろうな」

都ちゃんは、俺と同い年ぐらいの謎の美少女で、どういうわけか、俺の〝悪戯のパートナー〟を引き受けてくれている。フルネームも知らないし、〝都〟というのが、本名なのかどうかも分からない。

でも、なにしろ、ルックスだって、ちょっとビックリするほどかわいくて、どんなこ

とでも相談に乗ってくれる。俺には、それが何よりも有り難かった。

彼女と知り合ったのは、まったくの偶然だった。

俺はこの下の手線で痴漢としてデビューして、まだ、それほどは経っていない。

数カ月前のこと、俺が危うく私服警官に捕まりそうになったとき、彼女が助けてくれたのだ。

それから、彼女に、ある女を痴漢してくれと頼まれたところから付き合いがはじまった。おそらく、彼女には何か、その女を痛い目に遭わせたい理由があったのだろう。

俺は、彼女の事情に深く立ち入ったりはしなかったが、助けてもらったお礼に、その女に悪戯を仕掛けてやり、以来、いつの間にか、彼女が俺のパートナーのように動いてくれるようになったというわけだ……。


「そういえば、都ちゃん。ここのところは、たしかに、あまりうまくいってないんだけど、先週は、あの、都ちゃんがお酒に弱いだろうって教えてくれた、帝東銀行で働いているOLを、やっと完璧に落としたよ」

「へぇ、やったじゃない。それこそ腕を上げてる証拠じゃない！」

「いやぁ、そんなことはいえっこないよ。あれこそ、ホントに都ちゃんの情報がなかったら、俺には絶対に無理だったもの」

「ねぇ、ねぇ、教えて。どんなふうだった？」

その瀬能唯津希《せのういつき》という名のＯＬは、悪戯師の間でも、ちょっと話題になっていた、スタイル抜群の女だった。けれども、別名〝痴漢キラー〟とも呼ばれるほど、大勢の痴漢を逮捕させていた、強敵中の強敵だったのである。

……俺が、そのＯＬを最初に見かけたのは、大民宿駅前。そのときも、彼女は、彼女に痴漢を仕掛けたらしい男を追いかけまわしていた。

「こらぁ、待てぇ、痴漢男！」

と、叫ぶ彼女の声に、一瞬、俺は自分のことかと驚かされた。

だが、彼女が追いかけまわして、捕まえたのは、中年のあわれな痴漢オヤジだった。

さらに数日後、知り合いの盗撮男、日野輝志が追いかけられているのを見たこともあるし、下の手線内で、痴漢をねじ伏せて、大騒ぎをしているところにも出くわしていた。

まったく、いまいましい女だった。

でも、俺には、こういう女を見れば、一泡吹かせてやりたくなる悪いくせがある。

それで、何度か下の手線で痴漢を仕掛けたのだが、いつも尻を撫《な》で回したり、パンティに手をかけるだけで、逃げられていた。

そんなおり、大民宿駅近くの繁華街を、あのＯＬが仲間と連れだって歩いているのを

見つけた。そして、〝仕込み〟のためにあとをつけはじめたとき、ぶらぶらと歩いていた都ちゃんに、ぱったりと会って、彼女についての情報を教えてもらったのだった。

あのとき、都ちゃんは、こういった。

「あの人たち、見たことあるよ。多分、帝東銀行の社員の人たちじゃないかしら。特にあのみんなを引き連れてる大柄の人には見覚えがあるわ。きっと総合職についてる人だと思うけど……」

「すごいなぁ、都ちゃん、よくそんなこと分かるね」

「だって、あのショルダーバッグ、ブランド品で、三十万円以上はするわ。ただの腰掛けOLには買えない代物よ」

都ちゃんは、万事がこういう調子で、俺より観察眼が鋭かった。

俺は、どうすれば、ああいうタイプのOLを落とせるか、彼女に聞いてみた。

「そうね。ああいったOLは、かなり神経質で、我《が》が強いはずだと思うの。それに彼女、きっとお酒を飲むとガードが緩くなるんじゃないかしら」

都ちゃんは、いった。

それから、数日後、今度は、かなり酒が入っていそうな、この帝東銀行に勤めるOLたちに、またしても出会ったのである。

大民宿の繁華街は、俺の姉である美夜加《みやか》姉ちゃんが、いつも飲んだくれている、ぐい呑み横町のある場所だ。俺は偶然にも、姉ちゃんから、〝腰乃感倍《こしのかんばい》〟という地酒をうちに持って帰るように頼まれ、その一升瓶を持っていた。これは、口当たりがいいせいで、女性でもクイクイ飲める銘酒だった。

おまけに、俺は、相当酔っている彼女たちの集団にナンパされて、カラオケについていくことになったのだ。

もちろん、俺は、彼女たちをグデングデンに酔わせてやった。

そして、唯津希を大民宿駅から鬼反田《きたんだ》駅まで送ってやる車内で、ようやく痴漢できるまでにこぎつけたわけだ。

その車両には、好都合なことに、ほかに誰もいなかった。

終電や終電近い列車は、なんとか電車のあるうちに帰ろうとする乗客で込み合うこともある。だが、それより、もう少し早い時間帯だと、こんなふうに驚くばかりに空《す》いていることがある。

唯津希は、だらしなく酔いつぶれ、床に直接屈《かが》み込み、すぐにいぎたなく眠り込んでしまった。俺は、彼女の寝息を確認して、完全に無防備にぐったりと横たわった彼女の顔を眺めていた。

「かぁ〜っ、にしても、これほど無抵抗の女に痴漢ができるなんて、まるで夢のような話だなぁ。ケケっ」

意識を完全に失っている女を痴漢するということが、妙に俺の欲情を刺激した。普通に起きている女とセックスをする場合だと、どれほど変態的なことまで平気でやる男でも、少しは相手の様子を気にかけるものだ。相手がどう感じているか、まったく配慮せずに、なんでもできる状態だと思えば、誰でも、普段、あまりやらないようなことまでしてやりたくなるものではないだろうか。

まず、俺は、酔い潰れている唯津希の頬をたたいてみて、どの程度、乱暴に扱っても大丈夫か、たしかめてみた。

俺たち、痴漢常習者を恐れさせていたあの〝痴漢キラー〟が、今は、頬をたたかれても、身動き一つできないでいた。

彼女は、前に俺が痴漢したときにも身に着けていた、真っ赤なパンティを、また穿《は》いていた。俺は、できるだけヒワイに、そのパンティが丸見えになるように、足を開かせ、舌なめずりをした。

そうすると、ヘアが透けて見え、ぷっくりと膨らんだオ××コのかたちまで丸分かりになった。

思わず、腹の底から笑いが込み上がってきた。そして、いったん笑いはじめると、自

分でもバカ笑いをとめることができないほどだった。

「ぷぷっ、おらおらっ、まったく潰れるまで飲むんじゃねぇよ、バカ野郎っ。ほらほら、抵抗してみろよ。悔しかったら、なんとかいってみな。ケケっ」

相手は聞いてなどいないのに、唯津希の耳元で、そういってみた。声に出して、言葉で彼女を辱めることも、俺の昂《たか》ぶった欲望を、さらに膨れ上がらせた。

「まずは、このオッパイから、軽〜く味わってみることにしますか。こんな立派なモノを持ちながら、もったいつけやがって……。こいつを摘《つま》もうとして、何人の悪戯師が露と消えていったと思ってんだ！」

「あっ、んっ…」

唯津希は、ぐっすり眠っているくせに、ちゃっかり感じているのか、俺が揉《も》むのに合わせて、ときどき、耐え切れないかのように、かわいらしい声を漏らす。

俺は全部服を脱がせて、とにかく、からだじゅう、どこもかしこも舐《な》めまくってやった。脇の下も、太股《ふともも》も、足の指も、めくれあがったオ××コの粘膜も、むきあげて勃起させたクリトリスも、さらに菊の花のようにすぼまったアヌスまで……。

俺は、もう夢中で、何も考えることができなくなっていた。

唯津希も、これほど激しく舐めまわされると、さすがに、一瞬、意識が戻るときがあ

るようだった。

「そんらぁとこ、摘んれ、ろうするつもりらぁ」とか、「ひぃーっ、刺激がぁー、刺激がぁ、つよすぎるぅ」とか、「きたないっ、オマエは犬かぁ、そんらぁとこ、ぺろぺろ舐めるなぁー」とか、突然、大きな声を出したりするようになってきた。

といっても、依然として意識が朦朧《もうろう》としているのか、完全に正気だとも思えなかった。

正体なく、クスリでラリったように感じまくっているというのが、おそらく、本当のところだったろう。

俺も、もはや、彼女がどれぐらい目覚めているか、たしかめることを忘れ、彼女のすさまじい反応を楽しむことに没頭していた。

ふと、気づくと、目の前に顔見知りの悪戯師が数人、雁首《がんくび》を揃えて、こちらを見入っていた。それで、俺は彼らににんまりと笑いかけ、本番の態勢に入ることにした。

「へへっ、唯津希のねぇちゃんよぉ、ギャラリーがこんなに集まってきたぜぇ。そろそろとどめをさしてやるから、有り難く思え！」

こうして、俺はバックから、激しく唯津希を突きまくってやった。

「あぁ、いやぁ、何がどうなっているのぅ、ああっ、もう、アタシ、何も分からない。もう、どうでもいいのぅ、見て！　見て！　見てぇ」

俺は、右手の人差し指を高らかに上げ、勝利の雄たけびを発しながら、唯津希を昇天

させるべく、猛烈にそそり立った俺のイチモツを彼女の奥にぶち当てるように、ピストン運動をくりかえした。

「あっ、やっ、あああああぁぁぁぁっ」

ついに俺がどっと射精した瞬間、唯津希もイッって、ぐったりとからだをぐにゃぐにゃにした。だらしなく口元から唾液を垂らしたままのその顔には、あの〝痴漢キラー〟としての面影はどこにもなかった。

俺は、復讐を果たしたというより、これほどまでに感じさせたことに深い満足感を覚えていた。だが、なんと唯津希はそのまま、また、ぐっすりと眠ってしまったのだ。

まったく、酔っぱらいは始末が悪い。

俺は、ギャラリーの悪戯師たちに、

「こんな女、みんなで好きにしていいぜ」

と、いい残し、その夜は、気分よく、列車をあとにしたのだった。


「ふーん。しばらく会わなかったけど、先週は、そんなすごいこと、やったんだ。もう、恐いものなしなんじゃない？」

唯津希についての報告を終えると、都ちゃんは感心したように、じっと俺を見つめた。話を聞くだけでも、きっと、少しはエッチな気分になれるのだろう。

「でもね。瀬能唯津希は、都ちゃんのおかげでうまくいったけど、さっきもいったけど、今週はダメなんだ。うちの高校の学生指導部の八重崎小町ってヤツに、手を焼いてるせいなんだけど」

「あっ、その人って、痴漢撲滅運動をやってる人でしょ」

「うん。都ちゃんも、アイツが演説してるの、聞いたの？」

「ええ。そりゃ、目立つものね。あの人。でも、本田君なら、そのうち、彼女の鼻をあかしてやれるわ、きっと」

都ちゃんが、そういってくれると、俺も少し、なんとかできるような気になった。

「ところで、ねぇ、アタシ、今日はこれから、ちょっと、行きたいところがあるの」

「えっ。どこに行くの？　俺、もっと都ちゃんといっしょにいたいのに……」

「あっ、いっしょでもかまわないわ。若沙ノ茶々《わかさのちゃちゃ》の、ある女子高の文化祭に行こうと思っているだけだから」

女子高の文化祭といえば、そこでまた、悪戯の仕込みができるかもしれない。

そう思って俺は、ぜひとも、いっしょに行きたいと考えたわけだが、まぁ、別になんの収穫がなくても、都ちゃんといっしょなら、楽しい……。

それで、俺たちは、まるでデートをするかのように、ふたりで若沙ノ茶々に向かったのだった。

若沙ノ茶々の駅で降りると、いつもはこの駅で見かけない制服を着た学生たちが、たくさんいることに気づいた。

女子高の文化祭といえば、どこでも華やかな催しがいっぱいある。おそらく、みんな文化祭のある女子高をめざしているらしかった。

都ちゃんと訪ねたのは、昇華学園《しょうかがくえん》という、俺がこれまで一度も行ったことのない女子高だった。

「昇華学園はね、かわいい女の子が多いから、文化祭もけっこう人気があって、入るのだって、チケットがないと入れないのよ。変な人が入ってくるのを防ぐためだっていうんだけど、効果があるとは思えないわね」

そういうと、都ちゃんは、バックの中から二枚のチケットを取り出し、一枚を俺に差し出した。はじめから、俺のためのチケットを用意してくれていたのだと気づいて、俺はちょっと嬉しくなった。

そして、俺は都ちゃんと手をつなぎ、その学校の正門の中へと入っていった。

正門から続く学校内のメインストリートらしい道路の両側には、ずらりと屋台が並んで、そのどこも盛況だった。

そして、その向こうに特設ステージがあったのだが、そこでマイクを持って挨拶《あいさつ》をしている女子生徒を一目見て、俺は一瞬目が点になった。

それが、あの小町としゃべっていた〝寛美ちゃん〟だったのだ。

「みなさん、本日のご来場、誠に有り難うございます」

俺は思わず、都ちゃんの方へと視線を向けた。どうやら都ちゃんの表情からうかがうところ、彼女は、その挨拶をしている女をよく知っているようだった。

俺の敵として、厄介な存在になりそうな女だったから、早くもわざわざ〝仕込み〟をはじめてくれているのだろうか？

「彼女、大日向《おおひなた》寛美さんっていう、この学校ですごい人気のある生徒会長なのよ。本田くんも、彼女の顔はもう知っているんでしょ」

なるほど、壇上の彼女におくる黄色い声援からも、その人気のほどはうかがえた。

「こういった学校じゃ、ああいう、少し男の子っぽい、頼りがいのありそうな人が、人気が出るものなのよ」

「なるほど。でもさ、こんなに人気があるんだったら、レズだときっと不自由しないだろうな。ひょっとして、そんな関係とか、実際にあったりして」

「そうね。その線もありうるかもね。でも、これだけ取り巻きというか、ほとんど親衛隊みたいな女の子が大勢いて、そんな子たちに囲まれていると、ひとりと特別な関係になるって、むずかしいんじゃないかしら。よっぽどうまくやらないと」

「ハハハハっ。都ちゃん、かなりくわしいね。都ちゃんも、その気《け》があったりして」

そういってからかうと、都ちゃんは恥ずかしそうに、俺の顔を見ながら、チョンチョンと、俺の胸をつついた。ちょっと、それはいい雰囲気だった。まるで恋人同士みたいだったからだ。

でも、俺は、慣れないそんな関係に照れくさくなって、照れ隠しに、大日向に向かって、デカい声でヤジを飛ばしてやった。

「おい、大日向っ。オマエ、ひょっとしたらレズじゃねぇのか？　下級生の女の子になんて、きゃーきゃーいわれて、喜んでるのって、ヘンじゃねぇか。くやしかったら、なんとか、いってみろ！」

「なんですって。大日向さんを侮辱するなんて、どういうつもりなの！　このガキ、前に出てらっしゃいよ」

俺が軽い気持ちで叫んだ言葉は、ずいぶんと大日向の親衛隊たちの強い怒りをかってしまったようだった。

逃げる間もなく、俺と都ちゃんの目の前に、数人の女子高生が、ものすごい顔をして立っていた。

だが、そんな中、大日向は女王さまのように、少女歌劇団よろしく、特設ステージから飛び降りて、俺たちのほうへ歩いてきた……。

「ふふっ。キミ、ちょっと冗談をいっただけだよね。みんなも何を殺気だってるのよ。

かわいい男の子じゃないか。今日はキミも楽しんでいってね」

そういうと、大日向は、親衛隊たちの怒りをおさめようというつもりか、爽やかな笑顔をつくりながら、両手で俺の手を握りしめたのだ。

そのときだった。俺は、いきなり奇妙な感覚にとらわれた……。

えっ、この手の感じ、これはなんだ？　目つきも何か普通の女子高生と違うぞ！　なんだ、これは？　俺は、自分自身の感じ方が狂っているのかもしれないとも疑ってみた。

けれども、俺には、やはり、なぜか大日向の手つきも目つきも、俺と同類の人種のものに思えたのだ。

しばらく大日向の瞳を見つめたまま、俺はワケも分からず、呆然と立ちつくしていた。

「こらっ。いつまで大日向さんの手を握っているんだ。いい加減にしろ！」

俺は、大日向の取り巻きにいわれて、慌てて手を離した。

それから、この大日向についていては、もっと調べる価値があるような気がした。

これは意外な収穫だったかもしれなかった。

それに楽しんでいってくれといわれても、こんなに大日向の親衛隊が大勢いたんじゃ、この学校内にいるかぎり、楽しむにも楽しめない。

それで、俺と都ちゃんは、この昇華学園の文化祭から、早々に引き揚げることにしたのである。

さあ、どうしようか？

俺は都ちゃんと別れたあと、半端な時間帯だったこともあって、若沙ノ茶々の町を、まだウロウロしていた。

そうだ。若沙ノ茶々といえば、もう一校、わが帝東郷学園と付き合いが深い高校がある。帝体学園《ていたいがくえん》という高校がそれだが、ここは体育会系の各クラブが、よく練習試合をしているせいもあって、俺のクラスにも、この学校に友達のいるヤツが多い。

ちょっと考えてみれば、小町にしても、〝痴漢撲滅運動〟なんてものをはじめようとするなら、声をかけたほうがいいと思う相手もいるだろう。

帝体学園に行ってみると、やはり、この日は、俺の勘が冴えわたっていたようだった。

案の定、その帝体学園の校門前で、何やら話し込んでいる小町と豊田を発見することができた。

もちろん、小町たちが企んでいることといえば、俺にとってはよろしくないことに決まっている。俺は今後のためにも、彼らの動向を探るため、彼女たちの話を盗み聞きしておこうと、気づかれないように背後からヤツらに近づいた……。

「ダメみたいです。やっぱり剣崎真弓《けんざきまゆみ》さんって人は、忙しいようで」

名前は知らないが、指導部のメンバーの下級生が小町に報告していた。

「そう。でも、彼女の助けは、絶対に必要だわ。彼女が私たちの運動に加わってくれた

ら、痴漢の撲滅なんて、時間の問題だもん」

「しかし、その人、そんなにすごい人なんですか？」

「ええ、私も話だけしか聞いたことはないんだけど、なんでも未成年の暴力事件を、警察の手を借りずにやめさせた実績があるらしいの。それだけじゃなく、銀行強盗を捕まえたりしたこともあるそうよ」

「今どき、そんな人がいるんですね」

「そうね。だから、是が非でも、彼女に協力してほしいのよ」

なんだ、そりゃ。そんな話は聞いたこともなかった。大した情報でもないと立ち去ろうとしたとき、豊田に見つかってしまったのだ。

「また、本田君か。そんなに僕たちの動きが気になるのか、君。よほど、うしろ暗いことをしているんだな」

その豊田のひと言で、小町も、俺のそばにやってきた。

「あっ、本田君、補習はどうしたの？　こんなところで、また、よその学校の女の子にまで、手を出そうというんじゃないでしょうね。豊田君、本田君をうちの学校まで連れてってくれないかな。ちゃんと見張ってないと、彼、どんなことをしでかすか、分からないから……」

「何いってんだ。俺がどこで何をしようと、オマエたちに関係ないだろ！」

だが、指導部の連中に抵抗しても無駄だった。俺はヤツらに帝東郷学園まで連行されて、どうやら俺のために用意されていたらしい教材がうず高く積まれている机の前に、無理矢理座らされることになってしまったのだ。

すぐに、小町が顔を出した。

「じゃ、はじめましょうか」

「ちっ、何をやれってんだよ。昨日の続きでも、やらせてくれるってのか？　まったく、まだ痛くって、この先、使いモノにならなかったら、どうしようかって心配してんだぜ。ちょっと、ここで見てくんないか？」

「何、バカなこと、いってるのよ。あれくらいで、どうかなるなんて、あるわけないでしょ。あんなことまでされて、私が傷つかなかったとでも思ってるの？」

「そんなことをいうわりには、元気そうじゃないか。それに、オマエ、変なヤツだな。俺といるのがイヤそうには、ちっとも見えないぜ」

「どう思おうと勝手だけど、今はお勉強の時間ですからね。ぐずぐずいってないで、その教科書を広げなさい」

そういわれて、しかたなく、目の前の教科書を広げた。

「なんだ、これ、バカにしてんのか！　小学生の社会の教科書じゃないか！」

「いいんです。基礎からみっちりやるんだから」

「げっ、イヤなこった」

俺は、ささやかな抵抗とは知りつつ、その教科書を投げ出してやった。

「分かったわ。じゃぁ、ちゃんとやる姿勢をとったら、ご褒美をあげるから」

「ほいほい、で、そのご褒美ってのは、いったいなんなんだよ。セックスか？」

「はぁ？　んなわけ、ないでしょ！」

「ペッティングか？」

「ちがいます」

「SMかよ？」

「ちがいます」

「じゃ、やっぱりセックスか？」

「ん、またぁ、本田君、最初に戻ってるじゃないの。思わず、うっかり、うなずいちゃいそうになったじゃない。そうね。ヒントとしては……」

小町は何か意味ありげに、右手に持ったシャープペンの先を口元へと寄せた。

「おいおい、まさか、キスかよ？　ぷっ、古いぞ、小町、そりゃ、原始時代の話かよ。今はABCがはじめからフルセットでエッチなんだぞ。ちょっと気のきいた女なら、もれなくフェラ付きだし。ガキじゃあるまいし、そんなご褒美で俺が満足するとでも思ったのか」

だが、あれほど、下の手線内で辱めたのに、キスをさせてくれるなんて、考えてみれば、やはり俺は彼女に少なくとも嫌われてはいないらしい……。

「満足させてみせるわよ」

へえ、そんなディープなキスをしてくれる気なら、ちょっとだけでも殊勝なところをみせてやるかとも、ほんの少しだけ思ったが、俺はやはり、スキあらば逃げ出そうと考えていた。

「その唇でか。よっぽどこってりしたキスをしてくれるんだろうな」

というと同時に、じっと唇をうんといやらしそうな目で見つめた。

そんなふうにされると、弾みでいっただけらしく、小町は顔を赤らめて、俯いてしまった。その一瞬のチャンスを俺は見逃さず、立ち上がって、ドアにかけ寄った。

「あっ、ちょっ、ちょっと、待ちなさい！」

背後から小町の声が聞こえた。しかし、部屋の外には誰もいない。で、俺はまんまと部屋から脱出することに成功したのだった。


部屋から出た俺は、学校内の自転車置場に駐車したままにしてあった自分のバイクで大民宿駅へと向かった。

それから、大民宿の駅前の広場にあるベンチに座り、他人が見たら、おそらく俺に相

応しくないと思うにちがいないような、大きな手帖を広げた。

これには、じつは獲物たちの行動パターンが詳細に記録してある。

まず、名前まで分かっている女は、名前の横に、何時に何駅から乗り、どこで降りるか、というデータがずっと書いてある。まだ名前を知らない女でも、見かけの特徴や、持ち物などから判断した性格などを書いて、どこの駅で何時ごろ乗ってくるか、分かっていることをすべて記している。

この手帖は、サラリーマンがよく持っている、いわゆるビジネス手帖だから、オヤジたちなら業務日誌代わりに使っているだろう日々の記録を付けるページもある。

警察に捕まったときに、こんなものを持っていたら、変に勘ぐられるから、いつもはバイクに取り付けたバッグに入れて、カギをかけているのだが、俺にとっては、いつも、その日、これからどうしようか考えるときに、欠かせないものなのだ。

俺は、しばらく、手帖を眺めてから、その夜の行動を決めた。

大民宿駅でいつも援助交際をしている紺野《こんの》あずみという小娘がいて、俺はすでに何度も、この女を相手に下の手線内で本番までしたことがある。

あいつなら、いつでも一発やらせてもらって、スッキリすることができるからだ。

俺のような駆け出しの悪戯師は、一度落とした女でテクニックを磨くほうがいいのではないかというのが、俺の考えでもある。

六時ごろ、大民宿駅で待っていたら、すぐにあずみが現れた。俺が毎日悪戯に精を出しているのと同じように、あずみも毎日、〝援交〟にご精勤だというわけだろう。

頭は軽いが、からだつきとアソコの具合だけは抜群のあずみを見ると、かならず本番までやれるだけに、俺のペニスもジーパンの上からでも分かってしまうほど固くなってしまった。

まず、自分の全身を押しつけながら、有無をいわさず、あずみのからだを車両の隅のほうに追いやった。

この構えは、痴漢用語で、スタンディングポジション、またはバックポジションなどと呼ばれているが、見た目は地味だが、自分が有利な場所へと獲物を移動させるには、最も適した構えなのである。

「うっそう、マジぃ、勘弁してよ。また痴漢しようって、いうの……。冗談でしょう。超最悪って、感じぃ……」

あずみはもちろん、最初は逃れようと、からだをひねらせたが、俺はそうはさせじと、強引、かつ露骨にオッパイを揉んでやった。こいつのオッパイは、見た目も男心をそそる立派な代物だが、感度の良さでも群を抜いている。うまく揉んで、感じさせてしまえば、もうこっちのものなのだ。

援交相手のオヤジたちにも、毎日しゃぶらせているのだろうか？前をはだけ、ブラを外すと、ブルンと、その見事なオッパイが飛び出した。

上半身を脱がせ終えた俺は、さらにアグレッシブに、あずみのからだを楽しもうと、スカートごしに、自分のそそり立ったペニスを押しつけた。

俺が何度も腰を突き出し、あずみの尻を右に左にひねらせると、むき出しになったオッパイも小刻みに揺れる。

俺の側は、ゆっくり楽しむというより、とにかく一発やって、このところのモヤモヤを晴らし、スッキリさせようというのが目的だった。それで、そろそろ本番に適した場所がないかと車内を見渡した……。

その車両には、そこそこ乗客がいたのだが、なぜか一列、うまい具合に空いている座席があった。そこにあずみを押し倒し、ついにパンティまで脱がせてやった。それでも抵抗しながらもがく、半裸のあずみが、

「やだっ、やだっ、感じちゃう、感じちゃうよぉ、あああぁぁぁ」

と、喘ぎはじめた。その声が、俺の興奮のボルテージを、いやがうえにも昂めた。

もういつでも入れてくれといわんばかりの喘ぎ方だった。

俺はジーパンの前を開けた。俺の膨らみきったイチモツも、あずみのオッパイに負けず劣らず、元気に勢いよく飛び出した。

ずぶっ、ずぶぶぶぶ。

じらしたりしないで、いきなり突っ込んでやった。

あずみのその部分は、キュッキュッと入り口がすぼまる感触がまだ初々しく、中の粘膜も、俺のペニスの皮に心地よくまとわりついてくる。男のモノを迎え入れたばかりだというのに、温もりを帯びた肉壁が、早くもネットリと隙間《すきま》なく絡みついて、俺はそのあまりの快感に酔いしれた。

あずみも、口元から唾液を垂れ流し、堪らない表情をしはじめた。

「あぁぁぁぁ、ううううぅぅ、イッ、イクッー」

ドピュッ、ピュッピュッ、ピュッピュッ、ドピュッ、ドクドクドクッ……。

ヒクヒク痙攣《けいれん》を繰り返すあずみのオ××コのいちばん奥に、一滴残らず、すべての精液を浴びせかけるつもりで、俺は射精した……。あずみも一際大きく、愉悦の呻《うめ》き声を洩《も》らし、ギュッと、オ××コを収縮させて、完全に達したようだった。


時刻は、九時に近くなっていただろうか。

あずみにスッキリさせてもらったおかげで、気分はすっかりよくなっていたが、終電にはまだ間があるとはいえ、さすがにあんなにたっぷりと出したあとだけに、すぐにまた他の獲物に痴漢をはたらく気にはならなかった。だから、時間潰しにどうしようかと

考えていた。で、久しぶりに玄さんのところにでも行くことにした。

玄さんというのは、摩仁阿原《まにあはら》駅の近くの裏通りで小さなブルセラ店をやっている人だ。何度か、この店に顔を出しているうちに、エッチな話で、なぜか俺と気が合うことが分かり、何かを買うわけでもないのに、この店に顔を出すようになったわけである。

使ってみたことがないので、効果のほどはさだかではないが、ずいぶん昔の悪戯師が使っていたらしい〝捕まりそうになったとき、自分の身代わりにするための人形〟という不思議なものをもらったこともある。玄さんは、店が暇で、退屈していたのか、俺が顔を見せると、無駄話の相手が来たとばかりに、喜んでくれた。

「カッちゃん。このブルマ、ちょっと、どう思う？」

「どうって、たしかにちょっと普通じゃない感じがするけど、特別なブルマなの？」

「まぁ、大したことがないといえば、大したことないんだけど、普通の染めじゃなく、限りなく女性ホルモンに近い液体に一晩浸けてみたんだ。穿き心地は最高のはずだと思うよ」

「へぇ、ブルセラ職人って、マニアが穿いたときの感じまで考えてるんだ」

「ハハハっ、そりゃぁ、いろんなこと考えるさ。マニアの世界ってのはハンパじゃないからね」

玄さんはそういいつつ、椅子から腰を浮かすと、吸いかけの煙草を消し、テーブルに置かれたブルマを丁寧に掴《つか》んだ。

「カッちゃん。どうだ。ちょっと穿いてみないか？　遠慮することはないぞ。そのブルマ、オマエさんにくれてやるよ」

「えっ、いいの？　だって、俺、ブルセラマニアじゃないし、こんな特別そうなもの、もらえないよ」

「いいんじゃよ。カッちゃんは、女の子のようなかわいい顔だから、このブルマを穿けば、女に化けることもできるよ。何かの役に立つかもしれないから、持って行きなよ。なんなら、ハチマキと体操着の上着、白いソックスも付けてやるよ」

そういわれて、断ることもなかった。たしかに何かの役には立つかもしれなかった。

「そうだな。役立て方はいろいろあるだろう。たとえば、たまには女に化けて下の手線で痴漢されてみるってのはどうだ。そんなことをして、なんの意味があるのかと思うかもしれんが、きっと獲物の気持ちになってみるというのは、カッちゃんにも勉強になるぞ。ハハハハっ」

「獲物の気持ちかぁ。なるほど、それは勉強になるかもね」

こんなふうに玄さんの話は、いつもおもしろい。俺は、使うかどうかはともかく、一式すべて、もらうことにした。このときは、使うアテなど、まったくなかったのだが。

この夜も遅くに、俺はやはり都ちゃんに報告に行った。夜の十時に森野城駅を出る内回りの下の手線に乗れば、大抵都ちゃんが待っていてくれるからだ。

都ちゃんは、何着もピンクの服を持っているのか、いつもピンクの服を着ている。例によって、色あざやかな、そのピンクの服のせいで、遠くからでも、都ちゃんを見つけることができた。一日の報告を終えた俺は、ほかになんの話題もなかったので、なぜいつもピンクの服を着ているのかを聞いてみた。理由はただ好きだから、それだけだった。で、俺は急に思いついて、二人だけのとき、彼女のことを〝いちごちゃん〟と呼んでもいいかと尋ねた。

彼女のかわいさに相応しい呼び名だと思ったためだ。

いうまでもなく、彼女に断る理由など、あるはずもなかった。俺も〝いちごちゃん〟と呼ぶことで、彼女との距離がさらに縮まったような気がした。それで、彼女に甘えて、膝枕で、耳掃除までしてもらった。

そして、彼女の膝に頭を乗せているうちに、俺はいかにもおいしそうな彼女に発情してしまった自分をつい押さえきれなくなって、彼女の胸に手を伸ばしてしまったのだ。けれども、彼女を悪戯の獲物たちといっしょにすることは、さすがにできなかった。

触り方も、まるで壊れ物を扱うみたいになってしまう……。

どうやら、こちらがそういう気分でいると、彼女にも、その優しい気分が伝わるらし

かった。彼女も俺の手を拒否せずに、こちらのしたいように触らせてくれたのだ。

でも、柔らかで、しっとりとした彼女の胸を揉み、どこもかしこも甘い体中を舐めていると、結局、俺の中の雄としての本能が、俺にもっと激しく彼女を求めるようにけしかけはじめた。

彼女だって、十分に感じているだろうことが分かるだけに、その欲望に身を任せないでいることは、むずかしかった。

「ねっ、いいだろ？　俺、もう我慢できないよ」

俺は、呻《うめ》くようにいった。彼女は、恥ずかしそうに答えた。

「今日は最後までするのだけは、許して。どんな恥ずかしい格好でもしてあげるから」

そうして、座席に座り、片足を肘掛けに乗せると、自ら股《また》を大きく開きはじめた。

しばらく俺はタイツの上から、彼女のその部分に顔を埋めていた。

「お尻も見せて。お願い」

彼女は、いわれるままに、俺にお尻を向けて、スカートを腰までまくり上げ、黒いタイツで覆われた臀部を、惜しげもなく、俺に見せてくれた。

俺は、自分の勃起しきったペニスを彼女のお尻に押しつけながら、心の中でいい続けていた。うっ、うっ、うっ、耐えろ、耐えてくれ、俺のジュニア！

だが、たとえ彼女が入れさせてくれなくても、もう射精せずにはいられなかった。

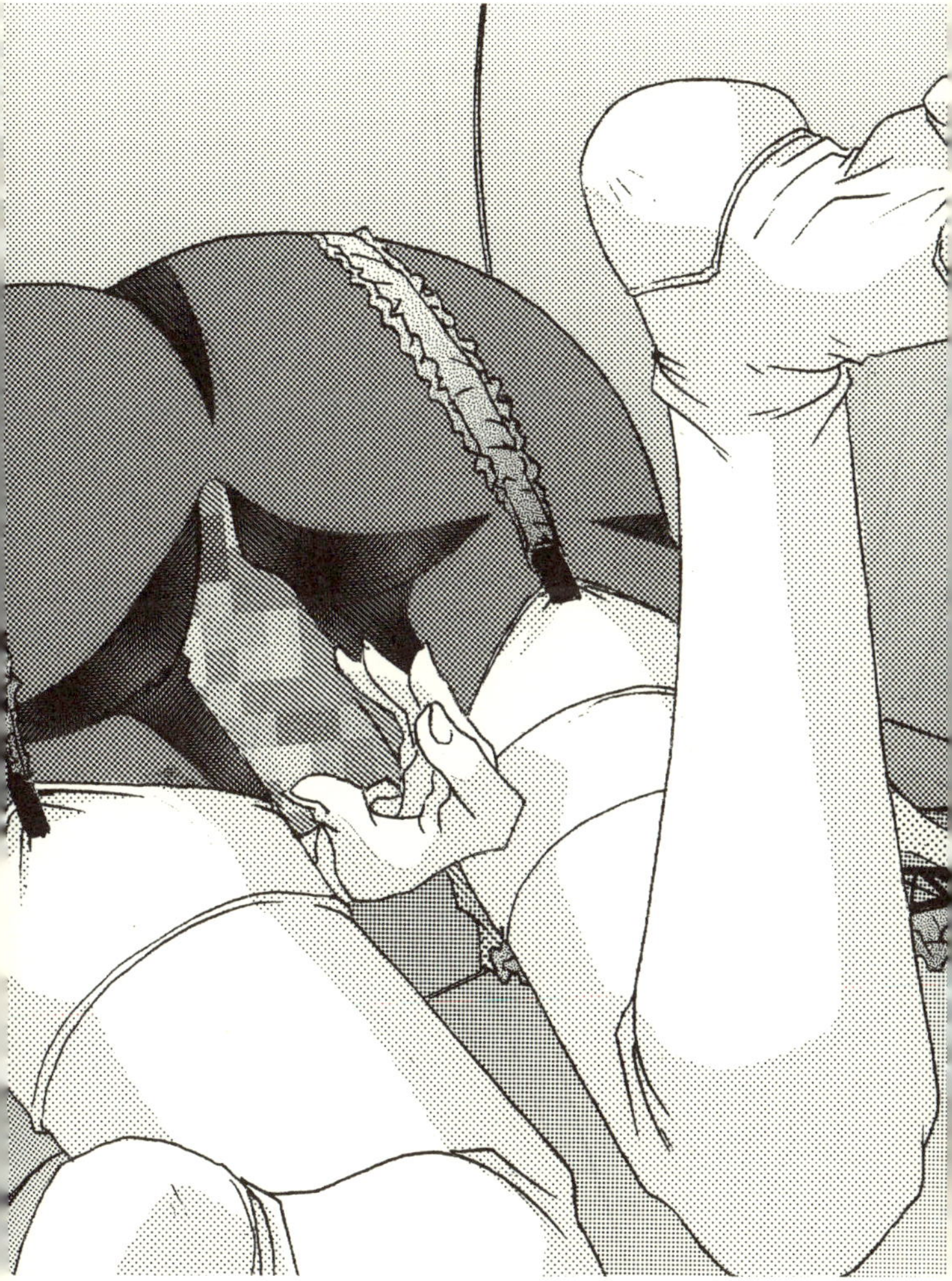

ドピュ、ピュッピュッピュッ。

堪《こら》えきれずに、俺は彼女のお尻に精液をまき散らした。

「ウェーン、いちごちゃん、ごめん、出ちゃったよぅ」

「いいの。本田君。きっと刺激が強すぎたのね。気にしないでいいから」

彼女は、どこまでも優しかった。それで、この夜、俺は、この最良のパートナーに恥じない男にならなきゃ、と、また強く決意したのだった……。

第三章　黄金のバイブ

翌日、俺は、朝、出かけるときに、ここしばらく使っていなかった〝黄金のバイブ〟を持って出ることにした。このバイブは、ちょっと前に帝東ドーム前で知り合った老人からもらったもので、その威力は脅威的だった。

これを手に入れてから、すでに何人も、このバイブを使って、痴漢に成功していた。

これさえあれば、おそらく初心者だって、かなりの成功率で、うまく女を感じさせることができるにちがいない。

俺が最初にこのバイブの威力を試した相手は、景浦亜舞美《かげうらあぶみ》という、薔薇百合《ばらゆり》女子学校の生徒だった。彼女は気が弱く、誰かに何かひどいことをされても、なんの抵抗もできない女子高生で、まさに非常に初心者向きの獲物といえた。

だが、バイブのおかげで、ただ無抵抗な女の子をやりまくるだけでない、本当に獲物が感じて、よがるところを見て楽しめる、悪戯《いたずら》ができたのである。

あれは、若沙ノ茶々のメインストリートを、ブラブラと歩いているときだった。あの盗撮マニアの日野輝志が、好みのタイプだといって、景浦のあとをつけているのに出くわしたのだ。さらに数日後、ほぼ同じ時間、同じ場所で、クラスメートとおぼしき女たちに、彼女が、いろいろとからかわれているところにも、たまたま居合わせた。

「ちょっとお、景浦ぁ。ちょうどよかったよぉ～っ。ついさっきねぇ、うちら、朝から

ナンパされちゃってさぁ。それがまた、イケてる大学生なのよぉ〜っ、どう？　アンタも来ない？　誰か入ってくれたら、ちょうど五人同士になるのよぉ」

彼女に話しかけていたのは、いかにもナンパ慣れしていそうな女子高生だった。

「そっ、そのぉ。えっとぉ〜」

彼女が躊躇していると、別の仲間が、こんなふうにいった。

「景浦なんて誘うの、やめなよ、だって、彼女、前にボックスで歌ったときなんか、一曲も入れなかったのよぉ、ちょっと信じられるぅ？」

クラスメートにそんなふうにいわれて、黙り込んでしまった彼女を見て、俺は思った。

まぁ、たしかにこういったタイプの子は、場をシラケさせることに関しては、群を抜いているからなぁ、と。

「そうそう、噂によると休みの日でも、犬としか遊ばないみたいだし、行こ、行こ！」

だが、単なる数合わせのためか、それでも彼女を誘うヤツが、まだひとりだけいた。

「ねぇ、景浦ぁ、あたしっち、この前も大学生のオトコらと遊びに行ったじゃない。すっごく楽しかったんだよ〜、ギャグとかのセンスもよかったしさ〜」

「うんうん、あぁ、あのときも最高に盛り上がったわよね〜っ、ホント」

「そういえば、速攻で彼氏をゲットしてる誰かさんもすごかったねぇ、超素早いわよねぇ〜っ」

「あれは、たまたまフィーリングが合っただけだって」

「い～なぁ、アタシも早く次のカレシが欲しいわよぉ～っ」

「そういえば、景浦ぁ。今朝も痴漢に遭ってたみたいねぇ」

「景浦って、そういうのって、絶対にやられっぱなしになっちゃうのよねぇ～、そんなヤツ、思いっきりひっぱたいたりしちゃえばいいのにぃ」

「ギャハハハッ、ひょっとして景浦のカレシって、痴漢だったりして～っ」

「キャァーッ、それひどすぎよぉっ」

「……」

景浦は、俯いて小さくなっていた。

それから、女どもが去って行ったあと、彼女のたちの話をすぐそばで聞いていた俺に、ふっと気づいたのだ。

俺は彼女に同情して、いった。

「見る気も聞く気もなかったけど、つい聞いちゃった。ひでぇヤツらだな」

「いいんです。彼女たちがいってたことは、全部ホントのコトだし、犬としか遊ばないっていうのも、ホントのことだし」

「でも、ありゃぁ、ねぇな。アンタ、景浦さんっていうの。あんなのと付き合うのはやめた方がいいぜ。いじめられるだけだ」

「あの、あんまり悪くいわないでください。みんな、大切なお友達ですから……」

あんなヤツらしか友達がいないとは、しみじみ彼女がかわいそうになった。

だが、同情したからといって、痴漢の対象から外してやったわけではなかった。ルックスだって、かわいいし、練習台として、もってこいだったからだ。

それに、俺が痴漢をしてやれば、彼女だって、少しは度胸がつくかもしれない。そういうことも、考えられなくはないだろう。もちろん、これは俺の、自分を正当化するための、身勝手な理屈にすぎなかったが……。


さて、そんなことがあって数日後、俺は〝黄金のバイブ〟の餌食として、景浦を選んだ。彼女が、毎日七時ごろに、若沙ノ茶々から大民宿まで、外回りの下の手線に乗っていることも、すでに調べ済みだった。

これは、ほぼ四十五分もかかる区間だ。つまり、手に入れたばかりのオモチャの威力を試すにも、たっぷりと時間があるということである。

最初は、まず型どおりに、後ろから、悪戯を仕掛けた。手を回して、胸や尻を触って、どの程度、抵抗してくるか、たしかめたのだ。それで、彼女程度の獲物なら、別に後ろから攻めなくても反撃されないと思った俺は、座席へと座らせて、そのまま悪戯を続けることにした。

「へへっ、景浦ちゃん、ひょっとして、もっと感じさせてほしいんじゃないの？」

「そ、そんなこと、ないです」

「本当かよ、ククッ。その言葉、嘘か本当か、これから試してやるよ」

そういって、俺はおもむろに黄金のバイブを取り出したのだ。

「ああっ、どうして、そんなもので……。私は、そんな恥ずかしい子じゃない。ただ、恐くて抵抗できないだけだもの」

だが、彼女が、そういったのは最初だけだった。バイブの振動を強くしたり、弱くしたり、当てる場所を微妙に変えてやると、唇を噛みしめて、必死に耐えているのに、感じてしまう自分を、意思ではコントロールできなくなってしまったのだ。

バイブを当てた部分から広がっていくパンティの染みが、おもしろいように、みるみる大きくなって、それがまた、俺を喜ばせた。

もっとも感じるはずのクリトリスの部分を弱い振動でツンツンとなぶると、直接はいじっていない、その下の穴の部分の染みが、まるでお漏らしでもしたように濡れて、中まで透けて見えるようになるのだ。

もちろん、パンティを脱がせて、直接バイブの振動を味わわせてやることにした。

景浦のオ××コは、見た目も最高だった。

毛の生え具合といい、粘膜の色といい、膨らみの肌艶《はだつや》といい、これほど、むしゃぶり

つきたくなるようなオ××コは、あまりないのではないかとさえ思った。

「……ヘン、変です。なんだか、私……、どうして、カラダが動かないの？　まさか、私、気持ちいいって、感じちゃってるのかしら？　ああっ、ダメ。ダメになりそう。もっ、もう、これ以上は……」

「ほら、こんなに濡れてるくせによぉ。まだシラを切るつもりかよ」

振動を強くして、バージンにちがいない肉壁に、そろそろと埋め込んでいってやった。さすがに、こんな太いものを入れたことなんてないだろうから、かなり抵抗感があった。だが、それでも、めくれあがった粘膜が、悔しいことに俺のモノよりはるかにデカいバイブをしっかりとくわえ込んで、その金色の表面をヌルヌル、キラキラと輝かせていく……。

「いやっ……。や、やめて、ください。もう、これ以上は……」

真っ赤になった顔を隠し、必死で声を出すまいとしながら、それでも景浦は泣いているのか、よがっているのか、分からないような声を出しはじめた。

が、当然のごとく、それは男をさらに欲情させる声以外の何物でもなかった……。

おそらく、このままバイブを出し入れし続けてやっていると、それだけで景浦は昇天しちまっただろう。キレイなオ××コが太いバイブをくわえて、ダラダラと愛液を垂らしているところは、もちろん、見ていて飽きるようなものではなかったが、俺のモノも、

もうこれ以上は反り返らないほど、節くれだって、怒張しきっていた。

「よし……、じゃあ、そろそろ、仕上げといくかな、そのバイブより、もっといいもので感じさせてやるぜ。くくっ」

「ダ、ダメです……。もっ、もう許してくださいっ……。ああっ、ダメっ、もう、やめてぇ……。そんな、そんな経験なんかしたことないのに……、こんなところでぇ」

グッと、一気に突っ込んでやった。

「はぁ………はぁ………はぁ………。だんだん………意識が白くなってくる……。はぁっ…はぁっ……。もう、もう、ダメぇ……。抵抗することが……、できないぃ……。ああっ、痛いっ……。ダメです……、もう抜いてくださいぃ。許してぇ……、もう許してくださいっ……、ああっ」

「許すも許さないも、へへっ、もう連結は完了しちまったんだぜ！　これを切り離すときは、イッたときしかねぇだろ。へへっ」

やはり、内部は、かなりゴリゴリした感じで、けっしてよい感触ではなかったが。それが逆に男馴れしていないことを意識させ、これまで、それなりに経験したことがあった、熟れきった年増女とのセックス以上に、俺は興奮した。

景浦がいかにもおとなしそうなルックスで、従順なタイプだということも、サディスティックな気分を、より昂《たか》めるのに役だったにちがいない。

「ああっ……、ああっ……、ひいっ、いっ。痛いぃ……、腰、腰は動かさないで……。動かさないで、くださいぃ、ううっ」

「よし、そろそろ出すぞ！」

「なっ？」

その俺の言葉を聞いた景浦は、急に生で出されることにうろたえ、涙目のまま、強《こわ》ばった表情を見せた。そして、急に両足をバタつかせ、必死に腰から離れようとした……。

だが、それが逆に、俺のペニスを、自ら奥へ奥へと導くかたちとなってしまった。

「くうっ、出るっ」

ドピュッ、ドピュッ、ドピュッ、ドピュッ、ドピュッ、ドピュッ、ドピュッピュッ。

「ううっ……、いっ…、痛いぃっ……。ううっ、ううっ……」

「ふぅ……。よかったぜ。これからも、ときどき相手をしてやるから、セックスで、ちっとは度胸をつけな……」

こうして、それからも何度か、俺は景浦を犯し続けているわけだ。

それから、ほかにも、この黄金のバイブを使った女がいるが、おもしろかったのは、相田《あいだ》みずきと都萌葵《ともえあおい》だろうか。

まず、相田みずきは、景浦のようなタイプとは正反対の女の子だった。

別に、そんなに遊んでいるわけではなさそうだったが、いつも元気いっぱいで、どこにも影のない、明るい女子高生だった。

彼女とは、最初、鬼反田で出会った。駅前で赤い羽根の募金集めをしていたのだ。

俺は、今どき、そんなものがまだあるのかと思った。小学生のとき以来、赤い羽根なんて、まったく縁がなかったためだ。

いうまでもなく、募金をするつもりはなかった。だが、「募金お願いしま〜す」という大声を張り上げている女の子が、ちょっとばかりかわいかったので、君の名前と電話番号を教えてくれれば、募金をしてもいいと、からかってみたわけだ。

「どうしようかな。電話番号までは、ちょっと教えてあげられないけど、名前だけだったらダメかなぁ。相田みずきっていいます」

その子が、なんと、あっけなく名前を教えてくれたわけだ。それで、コイツはガードが甘いかもしれないと考えて、彼女の仕込みをはじめたのである。

まず、学校はすぐに分かった。

景浦が通っている薔薇百合女子学校と経営母体を同じくする薔薇百合学園だった。

この学校は、鬼反田から出ている中央交通の真ん中線沿線にある。それで、みずきも鬼反田駅で募金活動をしていたのだった。

だが、ガードが甘いかもしれないというのは、とんでもない間違いだった。

みずきはアーパーそうに見えるが、抜かりがないところは抜かりがなく、けっこうしっかりしていたのだ。

しかし、そうと分かれば、それはそれで闘志が湧く。

持続的に仕込みを続けているうちに、例の盗撮マニア、日野輝志が、このみずきにもストーカーまがいの盗撮を仕掛けていることが、まず分かった。

それが、ヒントになった。恥ずかしい写真を撮れば、それをネタに脅して、痴漢をしてしまうという手を思いついたのだ。でも、恥ずかしい写真などというものが、そう簡単に撮れるわけはない。

みずきは、俺のクラスメートである皆口愛梨《みなぐちあいり》という女と、テニスをする仲間でもあった。だが、いうまでもなく、テニスをしているときのパンチラ写真程度じゃ、脅しには使えない……。

俺はいったんは、あきらめかけた。

けれども、やはり、執念深く、仕込みを続けたのがよかった。ある日のこと、やっと運がこちらに向いてきたのだ。

その日も、皆口とみずきが若沙ノ帝体のすぐ脇にある河原敷でテニスをしていた。

二人の学校の、ちょうど中間にある若沙ノ茶々が、彼女たち二人にとって、テニスを楽しむ場として選ばれていたのである。

俺は、あーあぁ、このままみずきちゃんは痴漢できねぇかもなぁ、と思いながら、遠くから二人のゲームを眺めていた。しばらく見ていると、皆口が、

「今日はちょっと冷えるから、早めに帰ったほうがいいわよ」

と、いって、荷物をまとめ、ひとりで堤防を上がって、若沙ノ帝体のほうへ歩いていった。そのときだった。

「やだっ、あれっ、なんだろ？」

そういう、みずきのひとり言が聞こえた。

そして、みずきは、ブルっと身を震わせた。このあたりにはトイレがまったくないのだが、それは、あきらかに、オシッコをしたがっているふうに見えた。

彼女は、ベンチ下に置いてあったスポーツバッグから、ポケットティッシュを取り出すと、慌てて、ちょこちょこ小股《こまた》で歩いて、陸橋の下にある叢《くさむら》へと向かっていった。

チャンス到来とばかりに、俺が、そのあとを追ったのは、いうまでもない。

隠しきれない喜びに、その場で小踊りしたいほどだったが、彼女に気づかれないように、叢の中を細心の注意を払いながら歩み寄り、背の高い草の間から覗《のぞ》き込むと、地面に屈《かが》んだみずきの姿が見えた。

やはり、こんなところで用を足すのは、年ごろの女の子には、抵抗感があるのだろう。

ちっ、何を、モタモタしてんだよぉ、さっさと脱げよ。脱いで、シャーっと、オシッコをしちゃえ！

俺は、そう思った。

みずきは、しばらくのあいだ、小刻みに震えつつ、中腰になったまま、、何度も回りに誰もいないか、たしかめていた。それは、盗撮男、日野の不審な動きを察知して、ストーカーに狙われているかもしれないと感じていたからかもしれなかった。

だが、俺は、バカな日野のように、見つかったりするドジは、絶対に踏まない……。

ついに、みずきは意を決したように、、腰を浮かせると、スカートの中に手を入れて、ゆっくりとパンティを下ろした。俺は、十分に距離をとって、みずきの前に回り、ずっと、こういう場合のために用意していたカメラをバッグから取り出し、レンズをみずきに向けて、覗いた。

ズームで、目いっぱい、寄ってみた。

オホっ、うほほほほっ。

ようやく、みずきの大事なところが、モロ見えになった。

俺のいる場所は、絶妙な角度で、彼女のオ××コを覗けるところだった。彼女は、女なら誰でもいちばん恥ずかしいであろうその部分を、外気にさらして、誰にも見られていないと思っているはずなのに、それでも恥ずかしいのか、一瞬、顔を赤らめた。

けれども、もちろん股は、足にオシッコをかけるわけにもいかないので、あられもなく左右に広げられている。つまり、本人の羞恥心に関わりなく、なんの妨げもなく、その部分がむき出しになっているわけだ。その中央部で、やや湿り気を帯びた花びらが、プリッと内部の粘膜まで、顔を覗かせていた……。

カメラごしに覗いている俺は、目をみはった。

うけっ、毛の生え方も、けっこう、かわいいじゃねぇかよ、うけっ、ケケケッ。

次の一瞬、そのピンク色の割れ目から、淡い色をした液体がとめどなく、ほとばしりはじめた。

シャァァアアアアアアッ!

「あぁっ。絶対に誰も来ないわよね。はっ、早く、済ませなきゃ、やだなぁ、もう」

あたりが静かだったので、そのとき、みずきが、ブツブツ呟《つぶや》いている声まで聞こえた。

だが、よほど長い間我慢していたのか、股の間から飛び散る黄色いオシッコは、簡単に終わりそうもないほど、なかなか勢いが衰えなかった。

そして、乾いた地面が、瞬く間に、濃い土色へと、変わっていった……。

俺はシャッターを切り続けた。

こうして、激しく、けたたましい音を出し続けていたオシッコも、どうやら打ち止め状態となったため、俺は、彼女に痴漢を仕掛けるときの脅し文句を考えていた。

オホッ……。オホホホホッ、いい、よすぎるぜ、くぅぁ〜っ。なんだよぉ、刺激的なことって、けっこう、近くに転がってるもんじゃねぇかよ、クククククッ。最高、最高！　さて、この写真で、どうやって彼女を落としてやるとするかな……。

ところがである。俺は、このあとに、さらに信じられないような光景を目撃することになったのだ……。また、みずきがブッブツいった。

「でも、なんで、こんなにお腹が。やっぱり、気にしすぎておかしくなっちゃったのかな。あぁっ、恥ずかしぃ……。うっ、嘘おおっ、ひ、ひぃぃいっ……」

ひゃははは、クッ、クソだ……。のっ、野グソをしてやがるぞ、コイツ！

打ち止めどころか、みずきは、アナルからズドンと太いウンコを捻《ひね》り出したのだ。

俺は慌てて、またシャッターを何度も切った。

「ずいぶん、お通じがなかったから、すご〜く出ちゃう。あぁっ、恥ずかしぃ……」

みずきのいうとおりだった。彼女の出したものから立ち昇る湯気まで写真に捉えることができるほど、それはもうたっぷりと草の間に盛り上がっていた。

あまりのことに、俺は思わず、ヒューっと、口笛を吹きそうになってしまった。

くくくっ……。

排便をし終わったみずきは、手にしたテッシュをつまみ出し、それを何枚も重ねて折りたたむと、前の膨らみに残っているオシッコのしずくをふき取り始めた。

カサカサカサッ……。……カサッ……。

俺にその一部始終を見られていたとも知らず、たっぷり出してスッキリしたのか、からだの緊張をといて、丹念に前と後ろをぬぐうみずき……。

くくっ……。こんなかわいい女の子の排尿アンド排便姿を拝めるなんて、まさにケツからボタ餅って感じだぜ。へへっ。よし、あの前にも後ろにも、バイブを突っ込んで、遊んでやろう。

俺はそう決めて、カメラを大事に抱え、河川敷のテニス場を後にした。


その翌朝、俺は六時過ぎから帝東郷駅で、みずきを待っていた。冬休み中だが、みずきは、補習でもあるのか、ほとんど毎日、学校に通っているようだ。それで、この時間帯、帝東郷駅から鬼反田駅まで内回りの下の手線に乗っていることが多いのだった。

俺は、あの赤い羽根募金に協力させられて以来、これまでにすでに何度か、みずきと直接しゃべっている。当然、彼女に顔を覚えられているわけで、痴漢を仕掛けても、す

ぐに正体を知られてしまうことになる。

それで、一瞬、どうしようかとも思ったのだが、こちらには、あの彼女の恥ずかしい写真がある。なら、いっそ、はじめから、それをネタに、抵抗できないようにしてしまったほうが、話が早い。

そう判断した俺は、彼女にいきなり写真を見せてやることにした。


改札口で、みずきを見つけた俺は、彼女のあとをつけ、同じ車両に乗り込み、車内で人混みをかき分けて、まず、いきなり彼女の肩を抱いてやった。

「よう。今日も朝早くから、学校にいくのか？　ご苦労なこったな」

みずきは、俺のあまりの馴れ馴れしさに、少し面食らったのか、ポカンとしていた。

「なぁ、せっかく、ここで会ったんだからよ、なかよくしようぜ。みずきちゃん」

「えっ、なかよくって、こんなところで、何をしようっていうの？」

「ハハハっ、男と女が、こうしてからだをくっつけて、楽しむことといったら、なんだか分かるだろ」

俺はそういいながら、スカートの中に手を入れた。

「そっ、そんなっ、朝っぱらから、へっ、変なこと、しないでください。これじゃ痴漢じゃないですか」

「ハハハっ、俺は、その痴漢ってヤツを、やらせてもらおうと思っているんだけどな」

「やっ、やめてください。大きな声出すわよ」

彼女としては、まぁ、当然すぎるほど当然の反応だったろう。ここで、俺は満を持して、ポケットの中から写真を取り出した。

「へへっ……。これに見覚えがないかな？」

まったく、われながら、その写真はよく撮れていた。

オシッコのしずくで濡れそぼったオ××コの毛と、ケツから垂れさがっている太いウンコが、バッチリ写っているし、みずきの恥ずかしがっている表情も、誰が見ても、みずきだと分かるようにしっかり撮れていたのだ。

「えっ、なっ、なにっ？」

その写真を見た瞬間、みずきの表情が強《こわ》ばって、凍りついた。そして、からだの方は、もうすべての力が抜けてしまったように、ぐったりとなった。

「ダメじゃねぇかよ……。おい、小さいころ、ちゃんと教わらなかったか？　こうしたことは、おトイレでするモンだってことをよぉ？」

「う、嘘っ……。ううっ……、どうして？　やだぁ……。はっ、恥ずかしぃっ」

みずきは、瞳をウルウルさせて、今にも泣きだしそうだった。

「おいおい、恥ずかしがってるだけじゃ、俺を喜ばせることはできないぜ」

「あぁ、どっ、どうしろっていうの？」

みずきは、一応、そんなふうに聞いたが、声がうつろだった。ほとんど放心状態で、すっかり抵抗する気などなくなってしまったのだろう。

俺は、なかば強引に、彼女を座席へと座らせた。それから、赤いスカートをまくり上げ、両足を広げさせた。

「なっ、何するのよ？　ちょっと、やめてぇ」

「ほら、足を開くんだよ、ほら、さっさとしろ。二度もいわせるなよ、ほら、この写真をバラまかれたくなかったら、さっさとオ××コを見せるんだな！」

「うっ……、ううっ……」

みずきは、低く呻き声を漏らしながら、俺のいうとおり、おとなしく足を広げはじめた。そこで、俺は、バッグの中から、あの〝黄金のバイブ〟を取り出したというわけだ。


ふだんの痴漢の場合だと、よほど強引にからだを割り込ませないと、まず、獲物に大きく股を開かせることなどできない。また、両足を広げさせるために、こちらが両手を使ってしまうと、相手が自分の手で、好き勝手に抵抗できるようになってしまう……。

たとえば、女の両足を掴《つか》んで、無理に足を開かせようとした痴漢常習者を見たことがあるが、そいつは、相手に思いきり髪の毛を捕まれ、一挙に反撃されていた。

それで、股を広げさせるときは、細心の注意が必要だというのが、〝痴漢の常識〟のひとつになっているのだ。

だが、この日ばかりは、もちろん、そんな配慮もいらなかった。あの排泄現場を撮った写真を使った脅しのせいで、いやでも自分で股を広げるように、みずきに命じることができたからだ。こうして、まさにバイブの威力をたしかめるには、もってこいの状況をつくることができた……。

「おい、このバイブをしゃぶれ！　たっぷりオマエの唾で濡らすんだ。いくらオマエがスケベでも、渇いたオ××コにいきなり、この太いバイブを当てられると痛いぞ。コイツを濡らしとくほうが、オマエだって、気持ちよく、なれるんだ！」

「そっ、そんなもの、使うのだけ、やめてっ」

俺は、有無をいわせず、みずきの口にバイブをくわえさせた。みずきは目を白黒させていたが、おかまいなしに、喉の奥まで突っ込み、振動を思いきり強くしてやった。

そうすると、みずきは犬のように、だらだらと涎《よだれ》を際限なく垂らしはじめた。

みるみる男根型のバイブがテラテラと光って、ヌルヌルになった。

そこで、俺はみずきのパンティを脱がせ、今度は彼女に自分の手で、渇いた割れ目を広げて見せるように命じた。みずきは、観念しきっているのか、目を閉じたまま、両手の指で、その部分を広げて見せた。

皮を被《かぶ》ったクリトリスが、フルフルと震えていた。

「おい、自分でバイブを使って、慰めて見せろ！　俺は、ずっとオマエのオナニーショーを見たかったたんだ」

「へっ、へんたい……」

みずきは小声で、そういったが、そんなふうにいってみたところで、もうどうしようもないことも分かっていたのだろう。恥ずかしさに顔を歪めて、バイブを当てた。

「おらおら、なんのためにバイブをたっぷり濡らしたんだよ！　オ××コに入れやすくするためだろ！　クリトリスに当てたり、穴に突っ込んだり、それを見せて欲しいんだよ！」

でも、みずきはさすがに、そんなことまでしてみせることには抵抗感があるのか、のろのろとした動き方しか、しなかった。で、俺は、まだるっこしくなって、彼女からバイブを取り上げ、自ら、それを使って、みずきの下半身をオモチャにしてやった。

前だけでなく、ケツの穴も……。

「いやっ、そっ、そこは、許して……」

「な〜に、いってんだよ。あんなにぶっといのをひり出したくせに……。あんなのが出るってことは、これも入るってことだろ！　コラァ、ケツの穴に入れても、ちゃんと足を広げたままにしてるんだぞ。もし、閉ざそうとしたら、その瞬間に写真をバラまくか

らな、いいか？」

ここで、もう一度写真を持ち出したのが効いたのだろう。みずきは、やはりしかたないとばかりに、顔を隠して、うなずいた。

「よしよし、おとなしく、いうとおりするのが、いちばんだぞ！」


こうして俺はついに、みずきの前も後ろもバイブでさんざんなぶり抜いてやったのだ。

「ああっ。恥ずかしいぃっ、恥ずかしいよおぉっ。ああっ、でっ、でも……、あの写真をバラ撒《ま》かれるくらいなら……。ああっ、でも、やっぱりお願い、もう、やめて。ああっ、やだぁっ、もぉおっ、ぐすんっ。ひっ、変に、へんになるぅ。やあぁぁっ。やあよぉっ……。ダメぇ、見ないでえっ、いやあっ、お、お願いっ、抜いて、やあぁっ、やあよおっ、ああっ、いやっ、ああっ」

いつのまにか、俺が何をやっているのか気づいた悪戯師たちが、何人も近寄ってきていた……。

「へへっ、よしよし、みずきちゃん。みずきちゃんがあんまりいい声を出すから、痴漢のオジサンたちがいっぱい集まってきちゃったよ。目を開けてごらんよ。かわいいアソコを回りの人にたっぷり見てもらおうねぇ」

「いっ、いやっ、こ、来ないでぇえっ」

そんなことをいっても、もちろん、無駄だった。みんな座席の近くに座り込むと、グショグショに濡れそぼったみずきの下半身を食い入るように見つめていた。

「いやあっ、こんな人たちにまで見られたくないぃっ」

みずきはついにたまらなくなり、広げていた両足を閉ざした。


「おいおい。約束を破りやがったな？　オマエ、いいわけは聞きたくねぇな……。しかたがねぇ、そういう子にはお仕置きしてやるしかねぇな……。くくっ」

「あっ、何っ、何するのよぉ？」

みずき自身がいいきっかけをつくってくれたようなものだった。座席でのバイブ遊びにも飽きたため、ここで、俺は待ちに待った本番の態勢に入ることにしたのだ。

そして、立ち上がって、みずきの片足を大きく持ち上げて、挿入してやった。他の悪戯師仲間にもバッチリ結合部分を見せてやるために、こういう態勢をとったわけだ。

「ああっ、いやあっ、やめてぇ、見ないでぇっ、いやいやっ」

「へへっ。そんなにジタバタすると、ほかの一般の客にも見られちまうぞ？　おい、せっかく痴漢のオジサンたちがみんなで取り囲んで壁をつくってくれてるのによぉ」

「やあっ……。やあよぉっ……。ダメぇ、見ないでえっ、いやあっ、こんないやらしい変態ばかりに見られるなんて。やぁ。おっ、お願いぃっ、もう許して。やあぁっ、やあ

よおっ、ああっ、いやっ、ああっ。こ、これは夢なのよぉっ……。ううっ、早く、ママ、起こしに来てぇえっ。ああっ、ママぁぁあっ……。だ、ダメ……。も、もう嫌よぉ、もう、何も考えたくないっ……。あぁぁ……。ああっ、痛いぃっ、いやいやっ、動かないでぇっ、ダメ、ダメぇっ」

「バカ野郎っ、動かなかったら、男は気持ちよくないんだよ、ほれっ、おらおらおらっ」

「いいっ、痛いっ、ううっ、やめてぇ、もう、やぁぁっ、ああっ」

「かぁっ、しっかし、見られてするのって、ホントに興奮するよなぁ」

「いやいやっ、やあよぉっ、いわないで、いわないでぇっ。ああっ。恥ずかしいいっ、恥ずかしいよおぉっ。ああっ、でっ、でも……、ああっ、やだぁっ、もぉっ、ぐすんっ。やあっ。やあよぉっ……。ダメぇ、見ないでえっ、やあぁっ、やあよおっ、ああっ、いやっ、ああっ」

「おらっ、そろそろブチまけてやるぞ、おれっ、おれっ」

ドピュッ、ドピュッ、ドピュッ、ドピュッ、ドピュッ。

射精の瞬間、こんなに頭まで突き抜けるような快感がはしったのは久しぶりだった。

「ふぅ……。よかったぜ、ごっそうさん」

俺がそういうと、みずきはぐったりとしたまま、なぶり抜かれた下半身が、まだズキズキするのか、そのオ××コの部分押さえて、ただ泣きじゃくっていた。

俺は、バイブ遊びも、他人に見せつけながらするセックスもくせになりそうだと思いながらも、泣きじゃくるみずきには、やはり少し罪の意識を感じていた。あるいは、この〝黄金のバイブ〟には、痴漢の心をマヒさせる力まであるのかもしれなかった。

都萌葵。

コイツは、俺が今まで痴漢を仕掛けた中でも、とりわけ、一風変わった女の子だった。

彼女の根城は、摩仁阿原。

かつては電気製品の安売り店が多いことで知られていた、この摩仁阿原は、パソコン関連の店やゲーム関連の店がどんどん増えて、今や、その名のとおり、マニアたちが集まってくる場所になっている。

葵が、摩仁阿原に出没しているのも、どうやら、そんなマニアが集まる店に出入りしているためらしい。彼女は、下の手線に乗っているときも、いつ見ても、マンガやゲーム関連の雑誌、同人誌などを読んでいるのだ。

ルックスは、けっこうかわいいのだが、センスは見るからにオタクっぽい感じで、本を眺めながら、ブツブツと、わけの分からない、ひとり言をいっていることも多い。

俺は、彼女を何度か下の手線で見かけるうちに、一応〝仕込み〟の対象として、彼女も観察するようになったのだが、最初に、彼女のひとり言を聞いたときは、コイツ、ち

ょっとイっちゃってるぜ、と思ったものだった。

「ぐっ、ぐふふふっ……、ぐふっ。白の騎士サマっ、今日も……萌え萌えですぅ。くふふっ、おはようごさいますですぅ。……それでぇ、『君のことはあのとき、めっちゃ抹茶ラブリーと思ってたんだよっ』とか渋いギャグをいってる騎士サマの視線をワタシはイヤーンとそらし……、『えっ、そ、そんなつもりじゃ、私ぃ』って、即座にカマトト振るんですぅ……。それを見た騎士サマも、所詮《しょせん》、殿方っ……ワタシの色気のある表情で、高まった気持ちを押さえきれず……、殿方の手も握ったことがないワタシに……、そっと右のほっぺに軽くチュッって、感じでぇ、くふふっ、ご褒美を……、くれるんですぅ。それで、ワタシの頬の柔らかさに、さらに発情して……、くふふっ、『ああっ、なんて君の頬は柔らかいんだい』『他の所はどれほど、柔らかいんだい?』、調べてあげるよ』とか、なんとかいっちゃってぇ……。『他の所はどれほど、柔らかいんだい?』、調べてあげるよ』ってな感じでぇ、急接近のドッキドキのときめきモードに入っちゃってぇ……。そ〜の〜ま〜ま〜っ……夜のネオン街へ……。ぐふっ、ぐふふっ、ああーっ。た、たまりませんで、ごじゃいまするなぁですぅ……。ぐふ、ぐふっ」

こんなことをブツブツいっていたのだが、これじゃ、誰が聞いても、コイツ、おかしいんじゃないかと思うだろう。

気が狂っているわけでもなさそうなのだが、完全に妄想の世界に浸りきっていて、涎まで垂らしていたのだ。

俺は見ていられなくなって、柄にもなく、

「おっ、おい。涎、垂らしてんぞ。これでも使え！」

といって、ハンカチをさし出してやったのだ。

ところが、その俺の親切に対して、彼女がとった態度も、あきらかに変だった。

「あっ、どもっ。私、都萠葵っていいます。よろしく、騎士さま」

何を思ったか、俺のことを〝騎士さま〟なんて呼び、おまけに俺のさし出したハンカチで、鼻までかんだ。

で、俺は、さすがにこの葵を〝悪戯の対象〟として見ることなど、まったくできなくなったのだが、どういうわけか、この変な女とは縁があったのか、その後も、摩仁阿原のゲーセンでぱったり会ったり、下の手線内で話しかけられたりしたのだ。

そして、そうこうしているうちに、こういう思考回路のおつむの女に、もしも今後出会い、そいつを痴漢する場合のことを考えるようになって、けっきょく、一度ためしに悪戯してやろうと思ったわけだ。まぁ、ルックスは悪くないのだから、多少の気味わるさは、我慢できた。

コイツに〝黄金のバイブ〟を使ってみると、こういう道具に対する反応も普通じゃなかった。

NEO

もともと、バイブなど、セックスに使う道具類を、大人のオモチャということがある。ところが、都萌葵にとっては、この〝黄金のバイブ〟も、まさに文字どおりオモチャだったらしい。

普通の女なら、こういうバイブを見れば、まず、まちがいなく恥ずかしがるだろう。使い方が分かるだけに、淫靡な気分になる女もいるにちがいない。

なのに、葵は、俺が下の手線内で、彼女を辱めるために取り出した、このバイブの動きを見て、キャハハハハっとばかりに、大笑いしたのだ。

「ぐふっ、ぐふぐふっ、キャハハハハっ。騎士さまぁ、この子の首の振り方、ブルブルって、かわいすぎますぅ。ホントにコケシみたい。先っぽにお顔まで、ちゃんとあるんですね。ホントの殿方の肉棒にも、こんなお顔があると、かわいいな。ぐふぐふっ」

そのひとことで、俺はあっけにとられてしまった。一瞬、完全に戦意を喪失しそうになったぐらいだ。

そのうえ、彼女は、まるでゲーム機のコントローラーでも、扱うように、バイブのコントローラーで遊びはじめたのだ。

たしかに、この〝黄金のバイブ〟は、コントローラーに各種のボタンがついていて、それを押して、切り替えることによって、動き方のパターンも変わる。単にブルブル振動するだけではないわけだ。

「コラコラァ、そんなもんで、遊ぶんじゃない」

「じゃぁ、どうすれば、いいんですか？　騎士さまぁ」

「そうだなぁ、たとえば、オッパイの先に当ててみるとか」

「きゃ。この子に、萌え萌えの、オッパイをあげれば、いいですかぁ」

都萌だから、コイツは、自分のことを、〝萌え萌え〟といっているようだった。

「いや、どうせだったら、パンティの中に入れてやるほうが喜ぶだろう」

俺は、すっかり調子が狂って、彼女のペースに巻き込まれてしまっていた。だが、本当に子どもっぽいというか、素直というか、カマトト振っているのか、彼女は、俺のいうままに、バイブをパンティの中に入れたのだ。

「ほら、いちばん感じるとこに、当てて、さっきみたいに、コントローラーでいろいろやってみろよ」

そのとき、下の手線は、比較的空《す》いていたので、俺たちは並んで座席に腰を下ろしていた。そばには、人がいなかったので、彼女は、すぐに俺のいったとおりにした。

「えっ、こうですか？　あっ、すごい！　この子、すごい！　あぁ、萌え萌え、へっ、変になるぅ～。あっ、あっ、あうぅー」

まったく変なヤツだった。だが、その子どもっぽさと、感じはじめたらしい喘《あえ》ぎ声が、妙に俺の悪戯心を刺激しはじめた。

そこで、俺は、とりあえず、上半身を丸裸にしてやった。

なのに、彼女は依然として、コントローラーを自分で操作して、また、自分だけの妄想の世界に浸りはじめたのだ。

「騎士さまぁ、萌え萌え、もうダメですぅ、ちっ、力が入りません」

なるほど、もう腰に力が入らず、立つことができない様子だった。

俺はそのときまで、ほとんど痴漢としての触り方を彼女に対して、していなかった。

なのに、目の前に、もう受け入れ態勢充分という状態の彼女がいた。

こんなことは、本当に、かつてなかった。

俺が、自分のイチモツを出して、彼女のすでに愛液がしたたり溢れているオ××コに入れてやったときも、彼女はまだ、彼女の妄想の中の相手に語りかけていた。

「騎士さまぁ。ああっ、ああっ、ダメぇ、ダメですうぅっ……。あっ、あっ、ああっ、ダメぇ、萌え萌え、いっ、いっちゃいますぅ」

俺は、もう彼女の妄想など関係なく、ドッと射精してやることにした。

「あっあっ、ああっ、あああぁぁんっ、いいっ、あぁぁっつ、はっ、あっ……。あぁぁぁ、あああんんっ！」

どれだけ、妄想の世界に浸っていようと、直接的な刺激は、やはり感じていたのだろう。彼女は、俺の射精と、ほぼ同時に達したようだった。

俺は、射精後も、しばらく自分のイチモツを彼女の中に入れたままにしていた。余韻を味わっているというより、この妙な女について、どう考えればいいか、まったく分からなかったからだ。

やがて、俺のモノが急速に萎えてくると、結合部から、ドロリとした精液が溢れて、漏《も》れ出してきた。

まぁ、いいか。アソコの具合も、思ったより、よかったし。

そうは思ったが、とはいえ、都萌葵はやはり変な女というしかなかった。

さあ、このへんで、話をもとに戻そう。

俺が、この日、〝黄金のバイブ〟を持って家を出たのは、八重崎小町を、このバイブでなぶってやろうと思ったからだった。

たとえ、彼女がまだ生理中であろうが、なんだろうが、もう本番にまで持ち込んで、立ち直れないほど辱めてやらないと、彼女たちの運動に打撃を与えることができないような気に、俺はなっていたのだ。

それで、バイブの力を借りてでも、小町を犯してやろうと、われながら、いきりたっていた。しかし、どうやら、こういう気分のときにかぎって、思いが空回りするらしい。

あんなヤツの面《つら》など、見たくないと思っているときは、意外なところでまで、彼女と

顔を合わせることになるのに、なぜか、彼女が立ち回りそうな場所にいっても、彼女とは出くわさなかったのだ。

とうとう、この日は、せっかくバイブを持って家を出たのに、無駄になってしまった。

第四章　特別レッスン

時刻は午後九時を過ぎていた。

といっても、俺にとっては、まだ宵の口なのだが、なぜか、俺はその日、それほど痴漢に励んでいたわけでもないのに、疲れきっていた。

成果があがらないと、からだを使っていなくても、俺は、気分的にまいってしまう。

いつのまにか、足が自然にある店に向かっていた。

若沙ノ茶々にある瞳《ひとみ》姉ちゃんの店、ミントウィナーズだ。

瞳姉ちゃんは、別に俺のじつの姉というわけではない。星野《ほしの》瞳というのが、彼女の名で、俺がまだ子どもだったころ、近所に住んでいて、そのころ、よく彼女に遊んでもらったので、今でも、つい、瞳姉ちゃんと呼んでしまうだけだ。

その店は、簡単な軽食も食べられる喫茶店といったところだった。

しばらく前に、大民宿の駅前で、瞳姉ちゃんと久しぶりに会って、店を改装したことを知らされて、俺も、まだ数回行ってみただけだった。だが、若い連中向けに小ぎれいにしたというだけあって、雰囲気は悪くなかった。

あの本当に久しぶりに会った日の彼女は、見るからに成熟した女性という感じだった。

「カッちゃん？　カッちゃんでしょ」

「なんだ。瞳姉ちゃんじゃねぇかよ。何年ぶりだろ。こんなとこで、何してるの？」

「ちょっとお店の方で欲しい物があってね、お買い物に来たのよ」

「ふーん、お店って、なんの？」

「前にうちの父が喫茶店をやってたでしょ、まぁ、そこを改装しただけなんだけど、かなり前とちがうわよ」

そういえば、よくむかし、彼女の父が経営している喫茶店に遊びに行っていたことを思い出した。

「ところで、カッちゃんは何してるの？」

「ハハハっ、ちょっとナンパでもしようかなって」

さすがに獲物を捜しているとはいえず、適当な言葉でごまかした。

「ふふっ、カッちゃんもいうようになったわね。じゃあ、私はお買い物しないといけないから。あっ、お店の方にも寄ってみてね、新装開店したばかりだし、コーヒーとトーストぐらいなら、お金なんて取らないから」

そんなふうにいわれて、彼女との付き合いが復活し、この店に顔を出すようになっていたわけだ。

じつは、俺は、このあと、下の手線で、瞳姉ちゃんのお尻に悪戯《いたずら》を仕掛けたことがあった。彼女の熟れきったからだの魅力に、ついつい手を出してしまったわけだ。けれど

も、けっきょく、パンティに手をかけたところで、自分から途中でやめてしまっていた。

彼女とのむかしの思い出が急に甦《よみがえ》ってきて、手がとまってしまったのだ。


「あら、カッちゃん、いらっしゃい」

店に入ると、もう早くも客がひけてしまったのか、ひとりで厨房《ちゅうぼう》を片付けていた瞳姉ちゃんが、すぐにコーヒーを出してくれた。

「かぁ～っ。おいしいねぇ、やっぱ、タダコーヒーは、格別の味がするぜぇ」

「ハハハっ。おいしいのは、入れ方がいいからで、タダだからじゃないでしょ」

「ごめん。でも、このお店、こんなに暇そうにしていて、大丈夫なの？」

「そんな心配してくれなくっていいわ。うちは軽食がメインだから、夜はあまり忙しくないだけよ」

「ふーん、けっこう、お気楽な商売をしてるんだな」

「そうでもないわよ、朝や三時ごろは、すごくお客さんがいっぱいで、毎日、もうクタクタなんだから、からだもあちこち痛くなって……」

「肩でも、揉んでやろうか、姉ちゃん」

「えっ、そんなこといって、わたしのからだに触ろうというんじゃないでしょうね」

正直、このときは、そんなつもりはなかった。なぜ、姉ちゃんがこんな冗談をいうの

かと思ったぐらいだった。すると、瞳姉ちゃんが妙にマジメな顔になって、俺を見つめていった。

「ねぇ、カッちゃん。少し、アナタに聞きたいことがあるの」

「なんだよ、あらたまって」

「ちがってたら、怒らないでね。カッちゃんでしょ？　下の手線で、私のお尻を触ったの？」

「ブッーツ！」

俺は、思わず口に入っていたコーヒーを吹き出してしまった。

サングラスをしているぐらいでは、やはり正体を見破られてしまっていたらしい。

「どっ、どうして、俺だって分かったんだよ」

「カッちゃんとは、むかしからの付き合いだから、すぐに分かったわよ。でも、どうしてあんなことをしたの？」

目をそらさず、じっと俺の顔を見据えられると、俺はさすがに言葉に詰まった。

「さっ、さあね、たしかに俺だよ、でも、理由なんかないよ。どうしてヤッたんだか、自分でも分からねぇんだからさ」

「どうして？　カッちゃんはあんなに優しい子だったじゃない。カッちゃん、カッちゃんは、私に触っただけなの？　あの手つき、いつもあんなことしてる人みたいだったけ

ど。ちがう？　ほかの人にも痴漢をしてるんじゃない？　答えなさい、カッちゃん！」

突然、テーブルに掌《てのひら》をたたきつけ、姉ちゃんは立ち上がると、怒鳴り声を上げた。

その怒鳴り声につられるように、俺はいい返した。

「人のことなんて、姉ちゃんだって、いえないじゃねぇかよ！」

「えっ？　なんのこと？」

俺は、そのまま店を飛び出そうとした。

姉ちゃんは行く手に立ちふさがって、俺を引き留めた。

「ちょっと待って、カッちゃん」

「ちっ、なんだよ。姉ちゃん……」

「いいから座りなさい、このままカッちゃんをほおっておくことなんて、できないわよ。このままじゃ、カッちゃん、いずれ捕まってしまうわよ」

「ちっ、分かったよ……」

腰を下ろした。

「ほら、とりあえず、コーヒーでも飲んでっ」

「ああ……」

瞳姉ちゃんは、なげやりな返事しかしない俺を気遣ってか、軽く微笑《ほほえ》みを浮かべて、コーヒーカップを俺の前にさし出した。

「ねぇ、姉ちゃんだって、人のことをいえないって、どういうこと？」

あまりいいたくはなかった。いえば、俺自身も、恥ずかしさで、いたたまれなくなってしまうからだった。

「ねぇ、カッちゃん。そんなに、いいたくないことなの？」

「姉ちゃんは、あのこと、覚えてないの？」

今度は、俺が姉ちゃんを見つめる番だった。

「えっ？」

「忘れたなんて、いわせないよ。姉ちゃんたち、大勢で、俺に……、俺に悪戯をしたことがあったじゃないか！」

瞳姉ちゃんは、その言葉だけで、ハッとした。

「そう……。そんなに、あのことを……」

「姉ちゃん……」


あのころの思い出、思い出したくもない過去の出来事……。

まだ数年前の話だ。

その日、俺は、いつものように、瞳姉ちゃんの店で、楽しいおしゃべりをしていた。

でも、姉ちゃんは、どことなく変な感じがした。彼女の友達が数人遊びに来ていて、

はじめの間は、みんなで和気藹々《わきあいあい》と、おしゃべりに花を咲かせていた。

だけど、俺は、次第に様子が変であることに気づいた。姉ちゃんの友達たちが、俺には聞こえないように、お互いに耳元でしゃべったり、目で何か合図をしたりしていたからだ。そして突然、その中のひとりが俺のからだを掴《つか》み、身動きがまったくとれないように押さえ込んだ。

「ちょっと？　何っ？　何するの？」

「ふふっ、そんなに暴れなくてもいいのよ、ちょっと見せてもらうだけだからっ」

俺を取り押さえていたヤツが、そういいつつ、ズボンのチャックへと手を伸ばした。

「えっ？　何っ、やっ、やだよぉっ！　離してよぉぉっ！」

両腕を掴まれたまま、からだを動かし、抵抗し続けたが、年上の女の子たちの力にはかなわず、簡単にチャックを下げられ、オチンチンをむき出しにされた。

「きゃっ、かわいい〜っ、男の子って、こんなもの、つけてるんだ〜っ」

「ううっ……。見ないでぇ……。もっ、もう離してよぉーっ」

「クスクスっ。か〜わいぃっ、ホント、お花のツボミみた〜い」

「ね〜ね〜、男の子のこれって、勃起するんでしょ？」

瞳姉ちゃんは背中をこちらに向け、上半身を屈《かが》めると、スカートを自らたくし上げた。

「ふふっ、カッちゃ〜ん、ほらほらっ」

彼女は頬を少し染めつつ、舌を恥ずかしそうにチロッと出すと、俺の目の前でそのままパンティを、ほんの少しずり下ろしたのだ。

「ほ～ら、カッちゃん、覚悟なさい、ふふっ」

そのむき出しになった彼女の尻が目の前にあった。こんな恥ずかしいことをされているにもかかわらず、俺の視線は、姉ちゃんのパンティの前の部分に、釘づけになった。

どうやら、俺の性器を勃起させるために、そんなかっこうになったらしかった。

「わあっ、ダメっ、ダメっ、いやだよ、いやだあっっ」

「きゃっ、すご～い、オチンチンの皮が、まくれてく～っ」

俺の意志とは関係なく、大きくなったオチンチンを、女の子たちがおもしろそうに見つめていた。

「だ、ダメっ、見ないでぇぇーっ、見ちゃ、いやだよぉ～っ」

必死に暴れたが、彼女たちは、許してくれなかった。

「ふふっ、カッちゃんったら、こんなに大きくしちゃって、エッチなオチンチンねぇ」

瞳姉ちゃんも、ほかのみんなといっしょになって、クスクスと笑いながら、俺をからかった。

「ね～ね～、今度は、シコシコしちゃおうか？」

「えっ？　だ、ダメぇぇっ、触らないでぇぇっ、お願いだから、やめてぇぇっ」

本当にイヤだった。そのころはまだオナニーも覚えたてで、自分でしごくことにさえ後ろめたい気持ちがあったからだ。

俺はからだをくねらせ、オチンチンを守ろうとした。しかし、そんな抵抗もむなしく、簡単に摘《つま》まれてしまった。

「きゃっ、あったかぁ～い、こんなに熱を帯びるのねっ」

人指し指と親指でしごかれたオチンチンは、次第にビクビクと脈を打った。

「ほ～ら、しこしこ～っ、ふふっ、ほらほら、しこしこ～っ」

俺のオチンチンを握っている女の子の冷たい指先が、うらめしかった。

だが、泣きじゃくっていた俺の気持ちを裏切って、オチンチンは、もう射精に向かって暴走しはじめていた。

「ふふっ、も～すぐ出ちゃうんじゃな～い？」

「瞳っ、どうせなら、もっと見せつけちゃいなさいよっ」

瞳姉ちゃんが、きゃっと、声を上げた。女友達の一人が、一応スレスレのところでオ××コを覆っていたパンティーを一気にずり下げたからだ。

そのオ××コを目の当たりにした俺は、下半身がカーッと熱くなる感覚と同時に、勃起しきったオチンチンの先端から、勢いよく精液を飛び出させていた。

ピュッピュピュッ、ピュッピュピュッ、ピュッピュピュッ。

「きゃ〜〜っ。ちょっと、カッちゃんっ」

瞳姉ちゃんのお尻に向かって、そのおびただしい量の精液が飛び散った。

さらにピンク色のオ××コが、その精液で白く染まっていたところまで、俺は、昨日のことのようにあざやかに思い出すことができる……。

いつもは明るく、優しかった瞳姉ちゃんと、そんなことがあったなんて、今でも信じたくはなかった……。

俺はあのとき、恥ずかしさに打ち震えて、泣きじゃくっているのに、数人がかりで、女の子たちにオモチャにされた。

瞳姉ちゃんは、その後、軽い悪戯のつもりだと弁解していたが、そのころの俺は、本当にショックで、立ち直れなかったのだ。

それから瞳姉ちゃんと顔を合わせることもできずに、数年が経ち、この間から、何もなかったかのように、付き合いを復活させたわけだ。

あんなことさえ、なかったことにしてしまえば、大人として、キレイになった姉ちゃんと、また、楽しく付き合えると思って……。

「そう、そうだったの。でも、そんなに悪気はなかったのよ、だって、カッちゃん、かわいいから、つい」

「……かわいかったら、力づくで何をしてもいいってことか、ちっ、そりゃどう考えても、犯罪だろ！」

「だって、男の子じゃない、それくらいのことで、いつまでも根に持ってちゃ、ダメよ」

「ちっ、都合が悪くなると、男の子だからかよ。そんな勝手ないい分、こさえるなよ」

「ちょっと、カッちゃん、そんなに怒らないでよ、ちょっとした若気の至りよ。そう、ほんのかわいい悪戯じゃないの～っ」

「あれは悪戯なんかじゃねぇ。強姦《レイプ》って、いうんだよ」

瞳姉ちゃんは、半分泣き出しそうな顔をしていた。が、俺は、何もいい返せなくなった彼女を置き去りにして、かまうことなく、店を出た。俺が、今こんなワルになっちまったことには、姉ちゃんにも責任があるんだよぉ、とうそぶきながら……。

せっかく疲れを癒すために、瞳姉ちゃんに甘えてやろうと思って、やって来たのに、すっかり気分が滅入ってしまった……。


いつのまにか、時間が経ち、もう盛り場には酔っぱらいしかいない時間になっていた。

俺も、気分転換に酔っぱらってしまいたいところだったが、あいにく、俺は、未成年だから酒は飲まないなんて優等生をバカにしているのに、アルコール類は苦手だった。

日ごろ、どうしようもない呑んべぇの美夜加姉ちゃんに、困らせられているだけに、

酒に対して拒否反応を起こしてしまうのかもしれなかった。うちの両親は二人とも、若くして死んでいる。この歪んだ性格の美夜加姉ちゃんが、いわば、うちの家長なのだ。

これは、ひょっとしたら、俺の反社会的な性格を助長させた一つの、どうしようもない原因になっていたのかもしれなかった。

美夜加姉ちゃんは、ほとんど俺を虐待するかのように、鞭で打ちすえたり、蹴っ飛ばしたり、平気でしたあげく、翌日まったく覚えていなかったりするのだ。だが、俺にとって、なんの足しにもならないかといえば、それもちがった。この時間だったら、大民宿のぐい呑み横町で、呑んだくれているに決まっているが、酔って、気持ちよく上機嫌になっていることもあって、うまく、そういうときに取り入ることができれば、けっこう役に立つことを教えてくれることもあったのである。

俺は大民宿に着くと、まっすぐ、ぐい呑み横町に向かった。スケベな美夜加姉ちゃんが喜ぶように、〝黄金のバイブ〟を見せてやろうと思っていた。

「へへっ……、こんなすげえオモチャ、ほかにはないぜ……」

俺は繁華街を歩きながら、ニヤけつつも、コートのポケットに忍ばせていたバイブを撫《な》で回していた。

「しっかし、この黄金のバイブの威力ってのは、強烈だなぁ。くっくっくっ」

もっと早くこれを使っていれば、苦労せずに、落とせた女も多かっただろうなんて、

過去の苦労をあれこれ思い出していたのだ。

そのときだった。

「勝彦おぉっ！」

「うわっ！」

突然、現れた美加夜姉ちゃんに、俺はボカスカたたかれたのだ。その瞬間、ポケットからバイブをつい落してしまった。

「うん？　勝彦ぉっ、こらぁなんだ？　おもしろいもの持っているじゃないか」

「あっ。姉ちゃん、返せよっ！」

姉ちゃんは、さすがにこういうものを扱い慣れているらしい。スイッチを入れて、バイブを振動させはじめた。

ブィイインッ。ブィイイインッ……、ブィイイイイッ。

「勝彦ぉっ、なんだい、これは……、ええええっ？」

「返せよ、姉ちゃん」

「バカぁっ！」

「ねっ、姉ちゃん……」

「まったく、偉そうに、プロの痴漢になってやるなんて、わけの分からないことをいうから、何をしてるのかと思えば、なんだぁ？　こんな道具に頼って、痴漢をしてるの

か？　オマエ、最低だな！」

「えっ？」

「そんなことじゃ、いつまでたっても、うまくならないよ……。オマエのやってることはな、ワルはワルでも、初心者のやることだよ、それでプロになろうって、いうんだったら、お笑い草だねぇ」

「でっ、でも、おっ、俺は、現に、このバイブで女を感じさせてきたんだ、それについては文句はいわせねぇぞ！」

「ホンモノのバカだね、こりゃ……。だったら、なんで、ほかの悪戯師が、道具を使わないんだい？」

「あっ」

「まっ、道具に使われてるようじゃ、アタシに道具として使われても、文句はいえないわねぇ。おかげで、酔いが醒めちまったじゃないか。あ～こりゃ、もう一回、飲み直すしかないねぇ」

　姉はそれだけいうと、バイブを道に投げ捨て、俺に背を向けた。

　俺は、慌てて、そのバイブを拾いあげながら、たしかに、このバイブの性能に頼りすぎていたと反省した。なるほど、美夜加姉ちゃんのいうとおり、こんなものに、いつま

でも頼っていたら、腕が鈍ってしまうのかもしれなかった。

「ねっ、姉ちゃん。待ってくれ。さすが姉ちゃんだ。俺は目が覚めたよ！」

「そっ、そうかぁ、分かったかぁ。この美夜加さまの偉さがな。ところで、どうだい痴漢の方は？　ふぅ……、しっかし、笑っちゃうねぇ。ホント、アンタは。凶器を持ってイキがってる、アイツらと同じレベルのカスだよ」

美夜加姉ちゃんは、こちらが下手に出ているのに、通りで戯れているチーマー連中を顎《あご》でさし示し、そう俺を挑発した。

「姉ちゃん……。そんなにいうんだったら、教えてくれよ」

俺は、黄金のバイブを用水路へと投げ捨てて、自分の決意のほどを示した。

「はっ……。どうやら、その思いは、本当らしいねぇ。よくやった！　それでこそ、アタシの弟だ！」

まったく酔っぱらっているときの、姉ちゃんは単純だった。で、俺は、さらに下手に出て、自分のプライドなんてかなぐり捨て、姉ちゃんにプロの悪戯師になるために、今、俺が何をすべきか、問いただした。

「いいかい、よく聞くんだよ……。オチンチンは衰えるけど、指先は衰えないよ……。スリだってそうだろ？　年をとるほどに、磨きがかかってくるもんなんだよ。ま、寿命はあるんだろうけど、それでも五十歳程度までは現役でいられるからねぇ、この世界に

は……。ふっ、でもまぁ、それなりの腕を持ってないと、それもかなわない。だからこそ、まず、自分のからだで技を覚えることが大事なんだよ……」

「からだで技を？」

「そうさ。痴漢とはいえ、男のからだってのは、本来、女に安心感を与えるために、あるモンなんだよ。大体、道具でイカされるなんて、バカにされてると思うだろ？　獲物だって人間だよ。しかも相手は女だ。そのあたりをよく考えることだな」

「そうだったのか……」

その姉のアドバイスを聞き、俺は、痴漢の道の奥深さを知る思いがした。

「よし、稽古をつけてやるよ。来な！」

俺は、姉ちゃんに導かれるままに、裏通りの路地へと入っていった。

「この路地裏は、ちょうどいいねぇ。特訓するには、最適な場所だよ。こういうことは、からだで教えなきゃ、しようがないからな。ほら、どこからでも、攻めてきていいよ」

「おらおらっ。これでも食らええっ！」

俺は、自分のモノをおっ立てて、姉ちゃんに向かっていった。

「角度が、ちがぁぁぁぁうっ！」

ブゥワァァシィィィーンッ！

俺は、その自分の最大の武器を、姉ちゃんに、思いっきり、ぶったたかれた。

「い、痛ってぇっ！」

「オマエ、ナメてんのか？　どういったら、分かるんだ。侵入角度自体が、ちがうんだよ。こっちの角度から攻めてみろよ。その程度の基本も、分かんないのかい？」

「そっ、そんなぁ。無理だって、美夜加姉ちゃん……。姉ちゃんのいう角度で攻めようと思ったら、片足で立ってなきゃダメだよ。片足で立ちながら、女を攻めるなんて……」

「甘えるな、勝彦」

俺の頭を二、三回蹴りながら、ゴミを見るような目で、美夜加姉ちゃんは、俺を見た。

「ヒッ……。ひくっ……」

「勝彦、何、目から涙なんて、出してんだよォ？　涙を出す気力があるなら、もう少し頑ばれ！　これができないと、一流の痴漢になれないよ！」

「でっ、でも、いったい、どんな意味があるんだよぉ……。こんな特訓によぉぅ……」

「片足を浮かせて、腰をひねるだろ？　それで上げていた足を下ろすと、ブスッと股《また》にパンチの効いた肉が入るってわけなんだよ。名づけて、一本ブッ打法っ」

「いっ、一本ブッ打法」

「この特訓はなぁ、最後の最後の締めである、本番をしているときに役立つんだよ。痴漢も大詰めってときに、最後で失敗したくないだろ？　たとえ、相手がまだ感じていなくても、一気にからだの芯まで燃えさせることができるんだよ、ハハハっ、姉ちゃん、

話してるだけで濡れてきちゃうよ！」

「一本ブッ打法か……」

そして俺は、何度も姉のからだを借り、一本ブッ打法をマスターしようと特訓を繰り返した。

「ふぅ。まあまあだね……」

「あとは自分で特訓するしかないねぇ……。もちろん、実践でな」

「ああ、有り難う、姉ちゃん」

こうして、俺は、かつて知らなかった技の特訓を受け、路地裏から去って行く姉ちゃんの後ろ姿を見送ったのだった。

一瞬、ナベさんの顔が脳裏に浮かんだ。

ナベさんこと、渡辺和正《わたなべかずまさ》という、下の手線の悪戯師たちの尊敬を一身に集めている、初老の紳士がいる。

彼は、痴漢のテクニックも超一流なのだが、悪戯師たちの人望も厚い。美夜加姉ちゃんの特訓も役に立つだろうが、そのうえにナベさんに教えを請うと、さらに腕をあげることができるだろうと思ったからだ。

いつまで落ち込んでいても、しようがない。俺は姉ちゃんの特訓を受けたことで、また闘志を駆り立てることができるようになっていた……。

俺は、大民宿駅の下の手線ホームで、来る列車、来る列車の窓から、ナベさんが乗っていないか、中を窺《うかが》っていた。ナベさんはすぐに見つかった。そして、その車両に乗り込み、脇目も振らずに若い女に悪戯を仕掛けていたナベさんに、挨拶《あいさつ》をした。

「やあ、本田くん、元気にヤッとるかね？」

俺は駆け出しのグリーンボーイで、ナベさんは〝下の手線のゴッドハンド〟という異名を持つ超大物。なのに彼は、いつも俺に気軽に話しかけてくれるのだ。

俺にとって、ナベさんの話は、いつも、実際に痴漢をするうえで参考になるだけでなく、悪戯師たちの隠語まで覚えられるので、非常に有り難かった。

たとえば、このときは、たまたま、グチュグチュ音を立てて、痴漢をしている仲間がそばにいたので、俺は聞いてみた。

「ねぇ、ナベさん、あんなに音をたてて、アソコを触ってもいいんですか？」

「あれもテクニックのひとつだよ。いわゆるスクラッチという指テクで、ワザと音を立てつつ、女の陰部をさすって、獲物に羞恥心を植え付ける中級のテクニックさ」

「へぇ〜、スクラッチか。DJみたいですね」

「アハハ、なんだって、テクが大事なんだよ。それじゃ次に会うときは、キミに絶妙なスクラッチを披露してもらおうかな」

ナベさんは、こんな具合に教えてくれるというわけだった。

もっとも、あまりナベさんに話し相手になってもらうのも、気がひけるので、大抵、会うたびに、ひとつかふたつ、何かを教えてもらうという感じだった。

ところで、ナベさんにも当然のように、素晴らしい、人も羨むパートナーがいる。

その人の名前は、夜路月杏《よろづきあん》。

この下の手線で痴漢常習者たちの妙技を見ることが何よりも好きという、一風変わった女性である。彼女は、大民宿の歓楽街にある二件のスナックを経営しているママでもあって、その着物を着込んだ姿は、誰が見ても、惚れ惚れするほど色っぽいのだ。

「ナベさん。近ごろは杏さんはお元気ですか？」

「あぁ、相変わらずさ。この間、彼女もキミのことを見どころがあるっていってたよ」

「えっ、本当ですか？　ボクなんて、まだぺーぺーなのに」

「ああ、本当だ。彼女に直接聞いてごらん。彼女なら、きっと、女性の立場でいろいろと教えてくれるだろうから、キミの勉強にもなるんじゃないかな」

これは、それこそ願ってもない話だった。

この翌日、俺は、やはりこの下の手線で、杏さんに遭ったのだが、そのとき、彼女に教えを請おうとしたのはいうまでもなかった。

「アハハ、本田はん、ナベさんから、そんな話、聞かはったんか。たしかに本田はんの

悪戯の仕方、アテ、けっこう気に入ってますねん。あんさんは気ぃついてなかったかもしれまへんけど、うちは何回か、見かけたこと、ありますよってになぁ」

「えっ？　そうなんですか？　どこらへんがいいのかな？」

「なんていうかな、本田はんのやり方には、何か優しさを感じるんや。あんさんの痴漢を見とると、見とるこっちもアソコがぬくうなってくるときがあるんや」

「ははっ、杏さんがいうほど、そんなに余裕なんてないんだけどなぁ。なんか最近、ちょっとスランプだし……」

「はぁ？　スランプってもんは、実績のある人にしか当てはまらん言葉やで。ほな少し基本的な事を教えたろか。まずな、獲物の気持ちを感じることや。まず、感じとるか、感じとらんかは、まちがいなく獲物の顔に出るもんやで。もしも、怒っとるときにやな、服でも脱がしてみい。そりゃ余計に頭にくるわ」

「そうか。やっぱり痴漢は、レイプとは根本的に違うもんな。よし、相手の顔色を判断して脱がすってことだな」

杏さんのおかげで、何かモヤモヤしていた俺の気持ちがいっぺんに吹き飛んだ。

「ありがと、杏さん、勉強になったよ」

「ほほほ、そらよろしいことですわ、ほな、さいなら」

「あっ、ちょっと待って！」

「なんどすの？　あっ、えっ？」

杏さんが驚いたのも無理はなかった。俺がいきなり、彼女の胸に手を当てたからだ。

「杏さん、お願いです。俺の今までの成果を、そのからだで試させてください！」

「おやおや、頼んでするのは、痴漢とちがいますやろ。それに、まだ、本田はんにはアテは早すぎるのとちがいますか。もう少し腕上げてからやないと、アテを感じさせるんは無理どすぇ」

そういわれたが、俺はいったん触りはじめると、とめられなくなってしまっていた。

それで、ちょっと強引だとは思いながら、杏さんの着物の胸をはだけて、豊かな乳房に顔を埋めようとした。だが、その動きは、するりとかわされた。

「まぁ、いつかは仕掛けてくるとは思ってましたけど、まだ十年早いってとこやなぁ」

もちろん、これは彼女にそういわれてもしかたがなかった。

「まあ、腕をあげて、ときどき、仕掛けてみておくれやす」

俺は、彼女のその言葉を、俺に対する励ましの言葉だと受け取って、彼女が去っていくのを見送ったのだった。

第五章　病院にて

森野城駅を降りて、すぐのところに広がっている森野城公園は、アベックの多いことで知られる気持ちのいい公園だ。

俺も時間潰しに、この公園のベンチをよく利用している。そして、ここに来るたびに、公園から見える総合病院を、いつもぼんやりと眺めていた。

俺は、からだだけは丈夫なほうで、病院には縁がない。でも、病院といえば、なんとなく看護婦さんとエッチをしてみたいというような、不埒《ふらち》なことを考えてしまうのだ。

考えてみれば、痴漢は、電車の中以外の場所でもできるはずだ。病院で看護婦さんに痴漢を仕掛けるのもおもしろいかもしれなかった。


大きな総合病院というのは、面会の人も大勢出入りするから、誰にも怪しまれずに簡単にもぐり込むことができる場所だ。それで、この日は、なんの予定もなかったこともあり、用もないのに、美人の看護婦さんでもいないかと、フラフラと病院の中に入り込んでいた。しかし、いつのまにか、迷ってしまった。廊下に人の気配がまったくない病棟で、どっちへいけば、看護婦さんたちがいるのかも、まるで分からなくなっていたのだ。そこは個室が並んでいる病棟だった。が、ウロウロしていると、なぜかドアが半開きになっている部屋があった。それで、ナースセンターの場所でも聞けるかと思い、覗《のぞ》いてみたのだ。

そこには、ひとりの女の子がベットに横たわっていた。その女の子は、かなりの重傷らしく、全身に包帯を巻いていたため、わずかに露出している顔を見て、やっとなんとか女の子であることが分かるほどだった。

「ケっ、なんだよ。これじゃ、話し相手にならないな」

そう思い、立ち去ろうとした時、ふいに背中ごしに、横たわったままの女の子が声をかけてきた。

「……看護婦さん？」

怪しまれるとマズいと感じながらも、振り返りつつ、ごく自然に笑顔をつくって、挨拶をした。

「よっ、よう……」

「誰？」

「いや、知り合いの面会に来て、迷っちまったんだ。看護婦さんたちは、どっちにいるんだろう」

よほど無口なのか、愛想が悪いのか、彼女が何も答えなかったので、彼女自身のことについて、聞いてみた。

「入院、長いのか？」

「……うん」

「……果物でも、むいてやろうか？」

「……ないよ。ここには、そんなもの」

何を話せばいいか分からず、そんなことをいってみたのだが、これではまったく会話にならなかった。

「ハハハっ、邪魔したね」

俺は、しかたなく部屋を出た。

ドアを閉じたとき、患者名を記したプレートを見た。

「蒼宮綾子《あおみやあやこ》。綾子ちゃんっていうのか。あの娘」

で、この日は、美人の看護婦を捜すことをあきらめ、ようやく出口を見つけて、しぶしぶ病院をあとにした。


それからだった。俺が、この森野城病院を、ときどき覗くようになったのは。

二度目に来たときも、あいにくめぼしい看護婦には出くわさず、しかたなく、また、この間の包帯の女の子、綾子ちゃんのところへと向かった。

部屋に入ると綾子は相変わらずベッ ト の上で横になり、俺が中へと入ったにも関わらず、ずっと本を読んでいた。

「やぁ、綾ちゃん。どうだい？　からだの調子は？」

「……………」

相変わらず、彼女は、冷たい視線をこちらに向けただけだった。

ふいに、俺はよからぬことを考えた。彼女が、あまりにも無反応だったので、せめて、声だけでも出させてやりたくなったのだ。

痴漢を仕掛ければ、いくらなんでも、悲鳴ぐらいあげるだろう、そう思ったのだ。

だが、さすがの俺も、痛々しい包帯姿の彼女にのしかかることはできず、両手だけをそろそろと、そのからだへと伸ばしていった。

胸を揉《も》み、パジャマの前をはだけさせ、乳首を舐《な》めた。不思議なことに、彼女は、やはり黙ったままで、ぜんぜん抵抗しなかった。痛がらせないように、細心の注意をはらって、感じさせようとしていたわけだが、この無抵抗ぶりは、ふつうでは考えられないことだった。あるいは、自分はもうどうなってもいいとでも、思っているのだろうか？

けれども、俺の微妙な愛撫《あいぶ》に、さすがに、からだだけは正直に反応しはじめた。肌がうっすらと赤らんで、生気を帯びてきたのだ。

それは、人間のからだが持つ本来の生命力が甦《よみがえ》ったかのような変化だった。

そのからだの変化を見ているうちに、俺もなんとなく彼女がいとおしくなってきた。

パジャマのズボンも脱がせると、なんと彼女は自分から足を広げた。

パンティも脱がせ、オ××コを見た。

もちろん、それは、愛液を溢れさせ、濡れて光っていた。

その肉の裂け目に、舌を這《は》わせた。

小さな両手で、シーツをキュッと掴《つか》み、恥ずかしさに震えながら、そのもっとも感じやすい部分に加えられた優しい刺激を、味わいつくそうとする彼女……。

俺は、痴漢をしているというより、ひたすら彼女の快楽に奉仕しているような気分だった。彼女は、俺の舌による愛撫だけで、どうやら達してしまったようだった。

最初から、彼女のようなけが人にのしかかって、乱暴なことなどできないとは思っていたわけだが、われながら、よく自分の欲望を抑えることができたとも思った。

達して、グッタリしたあとも、彼女は黙ったままだった。でも、表情は少し和《やわ》らいでいたし、もう血の気のないお人形のような感じでもなかった。

「ねぇ、黙ったままでもいいけど、今の顔は、すごくかわいいよ」

彼女が、どんな問題を抱えているのかは分からないし、からだの傷より、もっと大きな心の傷に苦しんでいるのかもしれなかった。

でも、それは、もちろん、彼女自身の問題だろう。

「綾ちゃん。また会いに来るからね」

俺は、もう彼女の前から立ち去ったほうがいいだろうと思い、グッタリしたままの彼女を残して、この病棟をあとにした。

その日の夕方、俺は下の手線で、指導部の顧問である大場の姿を見掛けた。

小町の話だと、彼女自身が俺のことを表沙汰《おもてざた》にはしないと決めたあと、やはり大場には、一応すべてを報告したのだそうだ。それで、何をいわれるか、分からなかったので、気づかれないうちに立ち去ろうと思った。だが、残念ながら、逃げるのが一瞬遅かった。

「ちょっと待ちなさい。本田君、べつに逃げなくてもいいじゃない」

「えっ？　また、俺にお説教しようってんじゃないのか」

「ううん。ただ、話し合おうと思っただけよ」

「なんだって。どういう心境の変化だ？」

「べつに心境に変化があったわけじゃないけど、ちょっと思うところもあってね」

「なんだよぉ。はっきりいえよ！」

「先生ね。キミがそんなに反抗的な態度をとってるのは、今まで先生がキミのこと、充分に理解してあげられなかったからかもって思うんだけど、どうだろう？」

そういうと先生は座席に座り、妙に友好的に話しはじめた。

「ふん、どうせ、そうやって俺を陥れる気なんだろう！」

俺はそういった。

だが、ふと視線を下へ移すと、先生の胸の谷間が、俺の位置からハッキリと覗けた。

ごくり、と唾を飲んだ。それは俺の目を釘づけにするほど、色っぽかった。どうやら、

大場はわざと俺を誘惑しているようだった。俺の視線に気づいて、こういったのだ。

「ふふっ。いいわよ、触っても。でも、回りに気付かれないようにしてね。本田君、一応、こういったことのプロなんでしょ？　いいのよ。遠慮しなくても、ほら」

「え、遠慮なんか、遠慮なんかしてないよ」

「そう、なら、本田君の好きにしていいのよ。ほら、触ってぇ……」

「う、うん。で、でもぉ……」

「でもぉ。どうしたの？　そうかぁ、本田君、まだ、先生のことを疑ってるのね。もぉ、バカねぇ……。アナタをひっかけたりしないわ。だから先生に、いっぱい甘えていいのよっ。たっぷりかわいがってあげるわ」

「ほ、本当に、本当にぃ？」

「ええ、本当よ。さぁ、いらっしゃい」

ここまでいわれては、もう、そのオッパイに顔を埋めるしかなかった。大場の胸の谷間は、すごくいい匂いがした。

「せっ、先生って、すごい、いい匂いがするんだね……」

「ふふっ、ありがと」

「いや、礼なんてぇ……。本当のことだよ」

「そう、それじゃ、先生ぇ、キミに、言葉だけじゃなく、オッパイを、もっとしっかり

味わってほしいな。どう？　フフフッ、先生、胸ね。けっこう大きいのよ、ほ〜ら、見て。しゃぶりたくなったら、しゃぶってもいいのよ。赤ちゃんみたいに」

いわれるまでもなく、俺は彼女のオッパイをたっぷりと味わった。

「あぁっ。やだ。上手なのね。私ったら、気持ちよくなってきちゃった。あっ、んっ、あぁぁんっ」

大場は、本当にただ楽しみたいだけなのかもしれなかった。そうと分かれば、もうためらうことはなかった。本格的に感じさせてやればいいだけだ。

だが、そのとき、列車が次の駅に到着して、停車した。

大場が降りる駅だった。それで、彼女は、にわかに正気になっていった。

「どう、本田君、気が済んだ？」

「う、うん。お、俺ぇ、何か、母さんに甘えてるような気がしたよ。あっ、ごめん。先生ぇ、まだ、そんな歳じゃ……」

「いいのよっ、本田君が満足してくれたら……。あと、これで本田君が悪いことをやめて、素直ないい子になってくれたら、いいんだけどなぁ……」

自分だって楽しんでたくせに、この偽善者め、と俺は思った。しかし、そういう内心の声とは裏腹に、

「う、うん。なるべく、そうするよ」

と、答えた。へたに逆らってもしようがなかったからだ。

「ふふっ、よかった。これからは、寂しくなったら、先生がこういうことをしてあげるから。じゃ、先生は、ここで降りるから」

大場は、乱れた胸元を直しながら、急いで、ドアのほうに向かっていた。俺は、向こうに手懐《てなず》けられるのではなく、こちらが大場を手懐けてやれば、それでいいだけだと思って、ちょっと得をした気分になった。


次の日。俺はまたしても大民宿の駅前で小町たちに出会った。小町は、すぐに俺に気がつき、そばにやってきた。

「なんだ、何か用かよ？」

「少し聞きたいことがあるんだけど、本田君、〝下の手線の美少女〟って知ってる？」

下の手線の美少女？

都ちゃんのことだろうかと、まず、俺は思った。俺の知るかぎり、この下の手線でいちばんの美少女といえば、やはり都ちゃん以外には考えられなかった。

「なぁ、どうして、そんなことを聞くんだよ？」

「ちょっと気になるじゃない、下の手線の美少女って噂されるくらいだから、どれだけかわいいのかしらって、思っただけよ」

「なんだよ、たったそれだけのことか？」

「ハハハっ、噂じゃね。すごくかわいい女の子なのに、この下の手線でエッチなことばかりしてる子がいるっていうのよ。ただの痴女なのかなぁ」

「えっ？　そんな妙な噂があるのか？　俺は何も知らないぜ。おいおい、その噂って、どこから出てきたモンなんだよ？」

「それはいえないわね、でも、本田君は悪趣味だから、ひょっとしたら、もう、けっこう、その女の子にお熱だったりして？」

「けっ、オマエよりは、はるかにかわいいよ」

「えっ？　ということは、本田君、やっぱり、彼女のこと、知ってるのね？」

げっ、しまった！　まだ噂の主が都ちゃんだと決まったわけでもないのに、俺は、小町に勘ぐられるようなことをいってしまったのだ。それで、俺は、これ以上追及されたくないばかりに、咄嗟《とっさ》に小町のスカートをまくり上げ、そのスキに人混みに紛れ込もうとした。ところが、またまた、豊田に捕まってしまった……。

「おっと、逃走はさせないよ。八重崎さんにも聞かれたんだろ？　〝下の手線の美少女〟のこと。ボクの聞き込みじゃね。なんでも、その〝下の手線の美少女〟って噂されてる子とつるんでいる男がいるそうなんだ。キミなら、心当たりがあるんじゃないか？」

いよいよ、話がマズいほうに向かっていた。どうやら、豊田たちは、都ちゃんを見つ

けだし、俺が痴漢の常習者であることを吐かせるつもりなのかもしれなかった。

「フッフッ、その彼女とつるんでいる男がキミに似ているって、話もあるんだ。ボクたちは、彼女とコンタクトが取れれば、その君に似ているという男が何を企んでいるのか、情報が得られると思っているんだけどね」

「ちっ。勝手にしろ！　たとえ、俺が何かを知っていても、オマエになんか、白状するわけがないじゃないか！」

俺は吐き捨てるようにいった。そして、今度こそ、彼らを振りきって、駅に急いだ。

小町と豊田がいうような、下の手線の美少女の噂があるなら、ナベさんなら、何か、知っているかもしれないと思ったからだ。

しばらく下の手線に乗ったり降りたりしているうちに、ようやくナベさんと会うことができた。

「ナベさん、もしも知っていたら、くわしく教えてほしいんだけど、下の手線の美少女って、聞いたことありますか？　そんな噂をしているヤツらがいるんだけど……」

「ああ、本田君、それは、伝説の下の手線の美少女のことかね？」

「伝説？　そんな伝説があるんですか？　ボクは、聞いたこともないけど」

ナベさんは、なぜか、むかしを懐かしむような顔になって、おもむろに話しはじめた。

「下の手線の美少女という名はね。われわれ、悪戯師にとっては、ただ下の手線に乗っ

ている美少女を指すわけじゃないんだ。痴漢に幸運をもたらす、悪戯のパートナーのことさ」

なるほど、そうか、と俺は思った。俺も都ちゃんに出会ってから運が向いてきた。やはり、彼女も〝下の手線の美少女〟と呼ばれるに相応しい女の子だったのだ。

ナべさんは、続けていった。

「かって、杏も、そう呼ばれたこともあったな」

「えっ、杏さんが？」

「今は、下の手線の太夫《たゆう》と呼ばれている杏も、昔はそう呼ばれていたんだよ。もう何年も前の話になるんだけどね……」

「そうか、だから、ナべさんも、杏さんから運をもらって、ゴットハンドと呼ばれるほど有名になったんですね。じゃあ、〝下の手線の美少女〟っていうのは、むかしから今に続いている伝説なんですね」

むかしを思い出していたのか、ナべさんは、少し照れくさそうにうなずいてみせた。

「しかし、同時に不幸をもたらす存在だという話もあるんだ……」

「えっ、不幸？」

不幸になるんだって？　そんなわけはないだろう。現に俺は都ちゃんと知り合ってから満たされた日々を過ごすようになっている。そう思い、俺は、さらに聞いてみること

にした。

「そういえば、今の下の手線の美少女って、都ちゃんって女の子ですよね？」

「都？　私が聞いている下の手の美少女とは違うな」

「えっ。そんなはずはないですよ。じゃあ、今は下の手線の美少女はいないのかな……」

「今はたしか、綾子とかいう名前の子だったはずだけど……」

「えっ、綾子？」

綾子、どこかで聞いたことのある名前だった。だが、このときは、すぐに思い出すことができず、ナベさんに礼をいって、この偉大なる大先輩と別れたのだった。

第六章　チャイニーズマフィア

俺は、裏摩仁阿原の細い路地を歩いていた。

さっきから、ションベンをしたくてたまらず、公衆便所をさがしていたのだが、表通りなら、どこかの大きな店のトイレを利用する手もあるだろうが、このあたりには、あいにく、そんな大型店もなかった。

しかたなく人通りの少ない路地裏に入り、大急ぎでチャックを開け、立ち小便をした。

ジョジョォオオオオ。

そのとき、どこからか、話し声が聞こえてきた。

「毎度ありがとよ。ところで、このブツの末端価格は、どうなっているんだ？」

「その件については、話し合いは済んでいるアルよ、それに、こんな安物のブツで流れる金なんて、知れてるアルから、儲《もう》けはないに等しいアル」

男の質問に答えていたのは、どうやら中国人らしい女だった。俺は、こんなヤバそうな話を聞いてしまって、いくらかビビっていた。話の内容から推測すると、どう考えても麻薬か何かの取引中らしい。

「アタシたち、〝邪道《じゃどう》〟をあまりナメないで欲しいアルね」

〝邪道〟？　聞いたことがあるな。ヤバイ。顔を合わせないで、聞いてしまったことを見つけられないようにしよう。そう思った。

「でもよ。アンタ、次の仕事はデカいぞ。現ナマでの取引だ。何せ量がハンパじゃない

んだ。でも、その量を、すべてさばくルートをあいにく、俺たちは持ってねぇ。だから、アンタたちに頼もうってわけだが、そっちは大丈夫なんだろうな？　こちらとすれば、一週間以内にさばいて、現ナマに変えてほしい。そうすれば、報酬ははずむ」

「心配ないアルね、私たちのような長く日本に滞在しているグループは、簡単に売りさばく独自のルート持ってるアルから」

「さすが女だてらに〝邪道〟のリーダーだけはある。そいつは頼もしい、じゃ、来週、ここで、また、落ち会おう」

幸い、俺は彼らに見つけられずに済んだ。そして、こんなヤバイ連中とは二度とかかわりを持ちたくないと思いながら、そそくさと、その場を立ち去ったのだ。


しかし、この中国女とは、不思議に縁があった。

数日後、たまたま下の手線で、派手なチャイナドレスを着た女を見つけ、そのドレスに目を奪われ、あの〝邪道〟の女だとは思わずに、痴漢を仕掛けてしまったのだ。

チャイナドレスを着た女というのは、それだけで男心をそそるものだ。へたに顔を見て、ブスだったりすれば、そのチャイナドレスを着た女に悪戯《いたずら》をする気も失せてしまう。

それで、俺は彼女の顔も見ないで、本能のおもむくままに、車内でひしめき合う乗客連中をかき分け、彼女の後ろから両手で胸を揉《も》みしだきはじめたわけだ。

「んっ、何アルか？　んっ、ひょっとして、これは痴漢というヤツアルね。ホォッホォッホォッ、ちょうどいい、最近、こっちのほうもご無沙汰《ぶさた》アルから、ちょうどよかったアル〜っ」

その声を聞いて、俺はギョッとなった。まちがいなく、あの〝邪道〟の女だったからだ。だが、仕掛けて、途中でやめるのも俺の主義に反する。女も最近、ご無沙汰だからなんて、けっこうスキモンみたいだったし、ええい、ままよとばかりに、触りまくってやったのだ。けれども、これがけっきょく、よくなかった。

「ハイヤアアアアッ！　ハイハイハイハイハイハィイイイイッ！」

女のほうも気持ちよく楽しんでいるのかと思っていたら、突如として、俺に向かって連続で蹴りを繰り出してきたのだ。

「うっ、うごおおおおっ」

俺は、あの武道着の女子高生を思い出した。この中国女も、アイツにあいつに負けず劣らず、男顔負けの武道の達人らしかった。

「ふうっ、久しぶりにイイ汗をかいたアルねぇ〜っ、やっぱりドラゴンの血を引き継ぐワタシとしては、クンフースタイルよりもジークンドーの方が楽しいアルよ」

ぶっ、何だよ、オマエっ、ご無沙汰ってのは、セックスのことじゃなかったのかよ。

俺は愚かしくも、蹴り上げられてから、気づいた。そうして、からだを引きずりつつ、

隣の車両へと逃げのび、息をついたのだった。

この中国女と俺の奇妙な因縁は、その後も続いた。

次に、この女を見かけたのは、摩仁阿原の電気街だった。彼女が路上で変な実演販売をしているところに出くわしたのだ。

「この商品は、すごいアルよ、ご自宅で簡単にCDの複製ができる代物を紹介するアルね。なんとこのマシンは、CD-ROMを三十枚も同時にこんがり焼ける代物アル。とてもお手軽。裏業界で実績ナンバーワンの商品ネ。すでにこちらに焼いたモノが用意されてるアル。あ？　あやっ？　あいやぁーっ、いっぺんに三十枚失敗してるアルぅっ。安心するアル。失敗したCDを売りつける術《すべ》、ワタシ知ってるネ。こういうときは、資本主義に乗っ取り、いい加減な素材でも高く売りつけるのがよろしアルね。あっ、これはウソ、ウソ。じゃ、次の商品はといえば、おまちどうアル、これこそ世紀の大発明。アナタの気持ちを代弁してくれるアイテム、銅鑼《どら》の形をしたドラムアルね、これさえあれば、アナタも今日からドラマーアル」

まったく、どんなヤツが騙されるのか、わけの分からない実演販売だった。

さらに、あやしげなことなら、何にでも手を出しているのか、裏摩仁阿原でおよそ中

華料理店らしからぬ中華料理屋に入ったら、やはり、この女が出てきた。

この店も、客をナメきったサギのような店だった。

早くて旨《うま》い〝電撃ラーメン〟というのを注文すれば、今の今まで、この女が食いはじめていた、食いかけを出してきた。

なんと二百円、ランチサービス品〝稲妻チャーハン〟というのは、電子ジャーからよそった炊き込みご飯。百五十円の〝雷神ラーメン〟にいたっては、はっきりそれと分かるインスタントラーメンだった……。

だが、あまりの安さにつられて、俺は三度も、この店で、これらのバカバカしいメニューで、腹ごしらえをした。でも、さすがにインスタントラーメンを出されたときは、頭にきて、いってやった。

「おい、オマエ、ひょっとして飲食業界をナメてんのか？　久しぶりに東京湾に人を沈めたくなったネ。絶対に潰れるぞ、この店……」

そのときだった。あやしげなヤツらが数人、どやどやと、その店に入ってきたのだ。

「鈴春《リンチュン》さん、みんなで食べに来たアル～、ジャンボできるアルか？」

「ところで、リーダー、取引のときの合い言葉、そろそろ変えないとマズイアルよ。ほかのグループにバレているらしいアル」

このとき、はじめて、女が〝鈴春〟という名であることを知った。男たちには、日本

人ではない訛《なま》りがあった。みんな〝邪道〟の連中だったのだろう。

「しかし、リーダー、こんなこと、お店の中で話し合っていいアルのか？」

「心配しなくても問題ないアル。大体、この店は一ヵ月にお客が一人入れば、よいほうアル、今日も見ての通りのガランドウアルぅ」

「見ての通り？　じゃあ、あのカウンターの男は、新しい仲間アルか？」

一人の男が俺を指指すと、全員、俺の方を一斉《いっせい》に注目した。

「や、ヤバイ」

「んっ？　気にしなくていいアル、あれはただのお客、んっ？　急いで捕まえるアル。うぅううっ！　生かして店の外へ出すなアルよぉっ！」

間一髪《かんいっぱつ》だった。店の外へと無事に飛び出すことに成功した俺は、身の安全を考え、とりあえず交番もある駅前へと戻って行った。


それから、さらに何日か経って、この店の前を通りかかったとき、店から出てきた鈴春に見つかってしまったのだ。

だが、このときは、彼女はなぜか、こんなふうにいった。

「お客人。ワタシ困ったアル。悩み聞いて欲しいアル」

「俺が、この間、オマエらの話を聞いていた男だって、分かっているのか、オマエ」

「分かってるアル。じつは、どうしたらいいアルか、悩んでるアルよ……。相談に乗ってくれたら、ラーメンタダにするアルよ」

「ラーメンがタダか。それは悪くないな」

どんな話か、分からなかったが、その条件は、慢性的に金がない俺には、ちょっと悪くない話に思えた。

ただ、話を聞くだけでいいなら、俺は、マズさに目をつぶろうと思ったわけだ。

「じつはアタシ、今週中にブツをさばかないと、ある組織に殺されてしまうアルよ」

「ぶううっ！　そっ、そんなこと、俺に相談するなよ」

もちろん、彼女の相談にのってやるだけの力は俺にはない。食うだけ食って、愚痴を聞いてやっただけでも、感謝してもらいたいぐらいだった。

とはいえ、これだけ、いろんなことを知ってしまえば、この女に俺がなんとなく興味を持ってしまっても、それは無理からぬことと、いえるのではないだろうか。


俺は、この鈴春のことが、気がかりで、彼女の店を覗きに行くようになった。けれども、この店は、鈴春に相談されたあくる日、もう閉まっていた。

「けっ、とうとう潰れたか。アイツ、どう、しちゃったのかな？」

俺は、そう思って、鈴春の魅力的だったチャイナドレスを思い出していた。

と、見るからに、あやしい集団が、俺の目の前を通っていった。

男たちが、鈴春を無理矢理どこかに連れていこうとしているらしかった。

俺は、そのあとをつけた。

彼らは、鈴春を、古びた倉庫に連れ込んだのである。


「やっ、やめてっ、やめてアルッ、こんなの、ひどいアルよっ」

「俺たちの安全をおびやかした責任は、重大アルよ」

「か、勘弁して欲しいアルね、ワタシ、みんなのためを思って、やったことあるネ」

「ダメアル、リーダーといえど、みんなを裏切るような真似をした者は、こうして処罰しなければ、みんなをまとめられないアル」

仲間同士なら、母国語で話せばいいだろうと思った。でも、彼らの言葉は多少変だったが、日本語だった。中国は広い。地方によって、通じない言葉も多いらしい。そのせいかもしれなかった。

倉庫の中の、彼らに気づかれない物陰から覗くと、あの鈴春がチェーンで吊るされ、仲間らしき男たちに囲まれているのが、見えた。鈴春のヤツは、まさに絶体絶命って感じだった。

ピィシィイイイイッ、ピィシィイイイイッ。

鈴春は、天井の滑車から吊り下がっている運搬用のチェーンで、両手を巻き付けられて、鞭でたたかれていた。

あ〜あっ、かわいそうに、と、俺は思った。

〝邪道〟のリーダーだったといっても、ひとたび、失敗してしまうと、情け容赦なく、こんな目に遭わなくてはならないのだろう。

だが、その鈴春が責められている光景は、まるで、ＳＭショーのようだった。

俺は思わず、のり出したとき、何かにぶつかり、音を立てた。それでヤツらの仲間に見つかってしまった。俺は、もう破れかぶれだった。こんなふうに叫んでやった。

「バカ野郎！　俺は、たまたま、この倉庫にいて、見てたけどよぉ、オマエらのリンチは、あめぇんだよ。相手は女だろ。素っ裸にむいて、いたぶってやらなきゃ、ダメだろうが。オマエら、みんな、ＳＭプレイを知らないのか？　ＳＭをナメるんじゃねぇ！」

突然、張り上げた声に、回りの男たちは、不思議そうに顔を見合わせはじめた。

「いいか？　そいつはまだ殺さない方がいいぜ、まだそいつのからだは使えるじゃねぇか。アダルトビデオの女優でもやらせれば、いいんだよ。ノーカットＳＭっ、こいつは売れるぜぇ。おい」

「のっ、ノーカットＳＭアルか」

その場にいた男のひとりが、マヌケた声を出した。

「もう、オマエら、そいつを鎖で天井から吊っているんだろ。お膳立ては揃ってるじゃねぇかよ」

やはり〝邪道〟だけのことはあった。男のひとりが、バッグの中に、ビデオカメラを忍ばせていたのだ。リーダーが、それに気づいて、いった。

「よし、そこのチャイ、そのビデオを回せ！」

「わ、分かったアル」

もう俺はその場を仕切っているようなものだった。グループの一人から鞭をわたされ、気絶したまま縛られている鈴春と向き合っていた。

よし、いっちょう、派手にやってやるかな、悪戯ＳＭショーの始まりだ。よう、鈴春っ、たっぷり、楽しませてもらうぜ！

俺は、ギャラリーも楽しませてやろうと、鞭を上段にかまえた。そのとき、鈴春が意識を取り戻したようだった。

「おっ、オマエは！　ああうっ！、ああっ、痛いっ！」

俺は鈴春の言葉を無視して、責め続けた。

ピシィイイイイッ、ピシィイイイイッ。

「うっ、あううぅっ、あっ、あうっ」

かぁ〜っ、身動きの取れない相手をいたぶるのは、なんて気持ちいいんだろう。

そう、思った。

それは、今まで感じたことのない新しい刺激発見だった。

そこからは、もう俺の独壇場だった。ローソクを、この倉庫から、いちばん近くの薬局まで買いにいかせて、鈴春に、熱いロウを垂らして、責めてやった。

「くっ」

「へへっ、もっと痛めつけてやるよ、くくくっ」

どうやら、鈴春には、はじめから、マゾっ気があったらしかった。

彼女はひたすら辱められているのに、喘《あえ》ぎはじめたのだ……。

「ううっ。はっ、はぁっ……。も、もう我慢の限界アル、気が狂いそうね。はあっ、棒珍を、棒珍をぉ、早く入れて欲しいアルぅ……」

なんと、鈴春は、そう絶叫した。

「ひょっとして、オマエ、本物のマゾじゃねぇのか、クククッ」

もちろん、ズブリと入れてやった。勝手に腰を使ってくれるので、俺はただ両足の踏ん張りをきかし、彼女のからだを支えることだけに専念し、肉の摩擦から生まれる快楽を味わっていればいいだけだった。ズブッ、ズッ、ズズッ、ズプッ。絶え間なく結合部

からは、オ××コの肉壁と俺の肉棒が奏でる、いやらしい音が鳴り響く。

そのスリットから見える太股《ふともも》は、揉んでもよし、触ってもよしといった色艶が見え隠れし、思わず、むしゃぶりつきたくなるほどの絶景だった。

「あっ、あっ、はっ、はぁっ、あっ、ああっ、んっ、あっ、いいっ……イイぃっ！　もっと、もっと！　もっと突くよ！　もっと…あっ、あっ、ああぁっ！」

最後の仕上げとばかりに、突き上げてやった。

「あっ、あうっ、いいっ、イイッ……。はぁああんっ！　あっ、ううっ、あっ、あっ！はああっ、ああっ、イイイッ！　いいっあっ！　あっあああっ」

激しく上下運動するからだ。破れかけたチャイナドレスからむき出しにされたオッパイ。黒髪を大きく震えるように振り乱し、淫乱な彼女のからだは、俺の腰の動きに応えて、淫らに弾け続けた。彼女は、もう唇から、絶え間なく喘ぎ声を漏《も》らしていた。

「よし、そろそろ中に出させてもらうぜ、おら、おらおらおらっ！」

「あっ、いいいっ。あっ、はああっ、ああああぁああああんっ！」

イッたと思った瞬間、彼女は、これ以上ないといった、堪《たま》らない顔を見せると、キュッと、オ××コを締め付けた。

そして俺は、精根《せいこん》尽き果てた彼女の中に、彼女が達してからあとも、ドクドクと精液を注ぎ込んでやったのだ。

第七章　リベンジ

場所は大民宿駅前。

俺は例によって道行く女たちを物色しながら、とりあえずあてもなく、ブラブラと歩いていた。そのとき、ふいに、チーマーらしい男たちが三人で、俺の行く手を遮《さえぎ》った。

男のひとりがいうことには、あの援助交際少女の紺野あずみが、俺に会いたがっているというのだが、にわかには信じがたい話だった。

おそらく、彼女は、男友達に俺のことを教え、俺に復讐するために、彼らの協力をあおいだのではないだろうか？　で、そう思った俺は、彼らを無視し、その場から立ち去ろうとした。だが、男はいかにもこちらの気をひくようなおいしい話をしはじめた。

「ちょっと待てよ、ていうかさぁ、俺、キミの想像どおり、アイツのヒモなんだけどよう。キミって、痴漢のプロなんだろ？　今からアイツと４Ｐをするんだけど、キミもまざらないか？」

「４Ｐ？」

「なんでかっていうとさ、俺らも下の手線の悪戯《いたずら》師のことは知ってるし、電車の中で本番するくらいだから、きっとすげぇテクが見られると思って、誘ってんだよ」

「４Ｐか……」

「４Ｐは、楽しいぜぇ？」

「４Ｐなら、仕方ねぇな……」

ニッコリと微笑《ほほえ》むチーマーらしき連中に連れられ、俺は、彼らに導かれて、路地裏へとついていった。ところが、これは、やはり罠だった。路地裏に入ると、そこには十人ほどの男がいて、鉄パイプやバタフライナイフなどを、それぞれ持っていたのだ。男のひとりがいった。

「そんなに驚くことはねぇだろう。テメェだって、あずみにあんなことをしておいて、ただですむとは思ってなかったんじゃないか？　４Ｐぐらいで、ひっかかってきやがって、どうしようもないスケベな野郎だな」

俺は、トレーナーの襟首《えりくび》を掴《つか》まれ、さらに人気のない路地の奥へと連れ込まれた。

そして、それからしばらく、彼らのやりたい放題、暴行を受け続けることとなった。

「おーい、ケンジぃ。あと、どうする？　タバコで目玉でも焼いとくか？」

「そうだな、指を全部折るっていうのはどうだ？　もう今後は痴漢もできなくなるだろうし、あずみのリベンジにふさわしいフィナーレになるよなぁ、そうすると」

「そっ！　そんなことされたら、痴漢どころじゃねぇ、指を全部折られちまったらモノを持つことすら、できねぇじゃねぇかよ！」

必死にからだを捻《ひね》り、逃げようとしたが、そうすることで、かえって、殴《なぐ》られたところに激痛が走り、苦しみを倍加させることにしかならなかった。

「おっ、ビール瓶があんじゃん。これ割って、ザクッと刺しちまおうぜぇーっ」

「おい、待てよーっ、どうせならコイツの手で割ろうぜーっ」

「よーし、オッケー。じゃ、準備はいいかぁっ、ケンジぃ」

「やっ、やめろおっ！　止めてくれええっ！」

俺は、あまりの恐ろしさに思わず、目を閉じてしまった。

しかし、次の一瞬、彼らの攻撃が急にとまった……。


「フン、こんな裏通りに連れ込んでのいじめか。いい加減にしろよ、そういったことは」

驚いた。そういっていたのは、いつか、小町に痴漢をしている最中の俺を、投げ飛ばした武道着の女だった。

すでに彼女の足許に、男が数人転がっていた。

「いっ、痛たたたたっ、なっ、何すんだよおおっ」

チーマーたちは、もうだらしなく、負け惜しみに大声を出しているだけだった。

しかし、あずみのカレシらしいケンジだけは、このまま引き下がる気はないようだった。怒りに震えながら、いった。

「なっ、なんで、みんな、ビビってんだよ〜っ、どうせこの女は、痴漢の味方をするような変な野郎なんだろ、だったら、いっしょにやっちまおうぜ」

「何？　痴漢の味方？　なんの話だ。この男が痴漢だというのか？　見たところ、まだ

少年ではないか、そちらの見間違いだろう」

「何かばってんだよっ。現に、俺のカノジョが被害を受けたんだから、間違いねーって。それにアンタ、何様のつもりなんだよ、部外者が首を突っ込むんじゃねぇよ」

ケンジは、そういって、武道着の女に向かっていこうとした。が、今度は、それをひきとめるヤツがいた。

「よそうぜ、ケンジぃ。マジ、やべぇって。や、ヤッベぇんだよぉっ。俺、見たことがあるんだ、この女。コイツは、剣崎真弓っていって、やくざや、銀行強盗までやっつけたことがある野郎なんだ。うぅ、よせ。オマエだって、やられるだけだから。なっ、お、おい、ナニ熱くなってんだよ、ケンジぃ」

だが、ケンジは、その仲間の話に対して、まったく聞く耳を持っていなかった。

無謀にも、

「うぉぉおお、おおらぁぁあああつ！　死ねぇえええぇええええつ！」

という奇声を発して、剣崎という女にパンチを繰り出そうとしたのだ。

もちろん、こんな遊び人のチーマーごときにやられる剣崎ではなかった。

「破ぁぁぁぁああああっ！　斬《ざん》っ！」

一声、大きく叫ぶと同時に、なんなくケンジをボコボコにしてしまった。

ボキボキボキボキボキボキボキ！　ゴキッ！

「当たり前だが、急所は外《はず》しておいた。さっさとその男を連れて行け！」

ケンジの仲間たちが、すっかり戦意を喪失して、剣崎にいわれたとおり、ケンジを抱えて、去っていったのはいうまでもない……。


さて、チーマーたちが去ったあと、まだ倒れたままの俺のところに、剣崎が近づいてきた。彼女は、俺を抱きおこしながら、ケガの具合をたしかめてくれていた。そして、

「少年、おい、大丈夫か？」

といって、彼女と常に行動をともにしているらしい後輩の二人の女に、

「おい、ハンカチを水で濡らして来い」

と、命じた。ついさっきまで暴行を受けていた暗い路地で、こうして俺は剣崎にからだを半分起こされ、衣類に付着した砂を払われながら介抱されていた。

「どうだ。吐き気がするとか、気持ちが悪いことはないか？」

別に呼吸が苦しいとか、痛みが激しく、しゃべることができないというわけではなかったが、俺はただうなずいただけだった。

「しゃべれないほど、苦しいのか？　そうか、それにしても、ここらあたりは、もう下手《へた》にうろつかない方がいいぞ。ああいった連中は、見境《みさかい》ナシに襲ってくるからな」

剣崎の後輩たちが戻ってきた。

「はぁ、はぁっ、主将、持って来ましたっ」

「よし貸せ。ちょっと滲《し》みるけど、男なら我慢しろよ。どれ、血は出ているが、大した傷じゃない。あとで、ちゃんと消毒さえすれば、問題はないだろう」

「しっかし、主将、こんなかわいい顔をした少年をボコボコに殴るなんて許せませんね」

「傷は、男の勲章っていうだろ？　別にケガはどうでもいいが、脳のダメージが心配だ。しばらくは動かない方がいいな。おい、ほかは？」

「はっ？　といいますと」

「ハンカチのほかには、何か持ってこなかったのか？」

「えっ、はっ、はい」

「バカ野郎っ、カットト絆とか包帯を買って来るとか、もう少し、気をきかせろよ」

「すっ、すいません……」

「仕方がない」

　このあと、剣崎がとった行動は、ちょっと信じられないものだった。彼女は何を思ったのか、胸元を自ら開き、サラシを緩め出したのだ。

　シュッ、シュルルッ。俺の頭を膝元に乗せたまま、彼女は、サラシを解いて、胸の上部の素肌を徐々に露わにしていった。そのうえ、そのサラシを手で裂いて、包帯がわりに使って、俺の足の傷口をしばった。

「……使い古しだが、これで我慢してくれ」

我慢をするもなにも、俺は剣崎の胸の膨らみに目を奪われていた。もしも、このとき、彼女の、そんな姿を見ていなかったら、あるいは、俺は剣崎に痴漢を仕掛けようなんて、思わなくなっていたかもしれない。

あのはじめて彼女に投げ飛ばされたときは、いつかリベンジしてやろうと思ったわけだが、思いがけず、チーマーたちの暴行から助け出されて、礼をいう気にさえなっていたからだ。だが、俺に、こんな姿を見せた剣崎がいけないのだ。俺は、またしても、やはり、機会があれば、彼女に痴漢を仕掛けたくなってしまっていた……。

そんな俺の気持ちも知らず、剣崎は、俺に、これからは気をつけるんだぞ、といい置いて、悠々と立ち去っていった。


そのあと、剣崎には気をつけろといわれたが、俺は相変わらず、大民宿の駅前でフラフラとしていた。剣崎にあれほど、こっぴどくやっつけられたケンジたちが、すぐに仕返しにくるとは思わなかったためだ。ところが、これは、俺の判断が甘かった。

ケンジたち、チーマーのグループは、剣崎が立ち去るのを待っていたらしかった。

彼女がいなくなると、またしても、俺を捕まえにやってきたのだ。彼らは、数もなんと、さきほどの倍以上、三十人近くもいた。

「よぉ、今度こそ、もう逃げられないぜ。あの剣崎にやられたお礼もたっぷりとさせてもらうからな！」

もちろん、俺としても、ただやられるわけにはいかなかった。で、彼らの一瞬のスキをついて、剣崎が去っていった方向へ、まだ痛む足を引きずりながら、走った。

ドッ、ドッ、ドッと、大勢のチーマーたちが一気にあとを追ってきた、これは、それだけで、道行く人たちの目を奪う、殺気立った光景だったにちがいない。

俺をいたぶるだけなら、少人数のほうがよかったはずなのに、なまじ大人数で俺を捉えようとしたために、それに気づいた剣崎が、ふたたび戻ってきてくれたのだ。

「バカ！　早く、気をつけて帰れといっただろう。しようがない。ここは私に任せろ！」

俺は、男としてはとことん情けないとおもいながら、剣崎の後ろに隠れた。

さすがに相手が大勢いるせいで、剣崎も苦戦をよぎなくされていた。

だが、いつのまにか、武道着を乱して、肌も露にしながら、必死に戦っている彼女は、なかなかに魅力的に見えた。チーマーたちも、相手が女であるだけに、おもしろがって、わざと彼女の武道着の胸元がはだけやすくなるように攻撃しているようだった。

それで、俺は、こんな危急の場だというのに、悪戯心を刺激されてしまったわけだ。

つまり、剣崎の後ろに隠れるように見せかけて、どさくさに紛れて、オッパイをさわ

ったり、剣崎にまとわりついて、抱きついたりしていたのだ。

さらに、はずみでそうなったようなふりをして、彼女の胴着の帯までほどいてやった。

剣崎は、チーマーたちの攻撃をかわすのに必死で、それに気づかなかった。そして、袴《はかま》がずり落ちて、その中から、なんと剣崎の褌《ふんどし》が現れた。

このあられもない姿を晒《さら》した剣崎が、チーマー連中にからかわれたのは、いうまでもなかった。

「はっ、ハハッ、コイツ、フンドシなんか穿《は》いてやがるぜぇ」

「ぷっ、おいおいマジかよ？　男でもそんなの穿きたくねぇぜ」

「だ、だまれ、黙れっ、先祖代々伝わる家宝を、バカにするなぁあっ」

剣崎は顔を真っ赤にして、怒鳴った。

このとき、俺は、ふいに、美夜加姉ちゃんからもらった〝アドレナリン・デストロイヤ〟というドリンク剤を持っていることを思い出した。これは見かけは、ドリンク剤なのだが、一種の昂奮剤《こうふんざい》なのだ。飲めば、どうなるかは、予測できなかったが、これで、剣崎が異様な力を発揮するかもしれないと思ったのだ。

「剣崎さん、喉渇いてない？　俺、たまたまスポーツドリンクを持ってるんだけど、マラソン選手だって、途中で水分を補給するじゃない。これを飲めば、元気が出るんじゃないか！」

「おっ？　すまんな、少年っ……」

剣崎は、ちょうど喉が渇いていたという顔をして、手にした容器に何の疑いもなく、口につけ、飲みはじめた。

「んっ。んっ、んっんっ。ぷは～っ……。よし、待たせたな」

空《から》になった容器を俺に手渡したあと、剣崎は、ふたたびチーマーたちと戦う姿勢を取った。

「んっ……。なんだ、この高揚感は……。頭から迷いが消えていく……。まるで、自分のからだが別のものになったようだ、はぁーっ」

どうやら、早くも効果が表れた様子で、このあとの剣崎の戦闘ぶりは、まさにめざましかった。みるみるすべての敵をやっつけて、それでも昂奮がおさまらないという感じで、荒い息をし続けていたのだ。

俺は、そんな剣崎を路地裏に連れ込んだ。そして、もうわけが分からなくなっている彼女を、愛撫《あいぶ》しまくり、犯してやったのだ。

すげぇ効果だぜ、〝アドレナリン・デストロイヤ〟……。まさかこれほどまでとはな。

ククッ。ズブッ、ズブブブッ

「あっ、んっ、あああっ」

剣崎は身をくねらせ、性格に似合わず、甘ったるい声を漏《も》らし続けた。

第七章　リベンジ

「あっ、ああっ、な、ナンだ、この温かさは……、骨の髄まで染み渡っていく……。あっ、やっ、ああっ……、ぁうっ、あぁぁあああああんっ」

褌脇からの鋭い肉の律動を受け、剣崎の火照ったからだは、あっという間に昇りつめていった。

へへへっ、まさか、コイツをこういうかたちで落とせるとは思ってなかったぜぇ……。

俺は、そう思い、オーガズムを迎えて、崩れ落ちた剣崎を尻目に、その場を後にした。

さて、思いがけぬ収穫があるときは、続けておもしろいことがあるものだ。剣崎に対する悪戯も、俺にとっては、一種のリベンジといえるものだったが、あの大日向に対しても、俺はついに決定的なリベンジをはたすことができたのである。

それは、剣崎を落とした翌日のことだった。

俺は、あの昇華学園の文化祭で、大日向に俺と同類のにおいがあることに気づいてから、下の手線で、大日向を見かけるたびに、彼女の動きに注意していたのだ。

やはり、俺の勘は当たっていた。ヤツは、同じ学校の下級生と、思ったとおり、合意の上の痴漢ごっこをしているらしかった。まさに、そういう現場に出くわしたのだ。

痴漢の警備をしているかのようにふるまっていながら、自らも痴漢ごっこにふけって

いる大日向。俺がこんなヤツにやられっぱなしになっていていいわけはなかった。

で、どうしてくれようかと思い、俺は、その作戦を考えることにした。こういう悪知恵を働かせることにかけては、自信があった。

そして、俺が考えた作戦とは、こうであった。

まず、以前に玄さんからもらった体操着とブルマを使い、一時的に俺が女になりすます。玄さんもいっていた。この体操着とブルマを使えば、俺はどこからどう見ても女の子に見えると……。こうして、下の手線で獲物を物色中の寛美の前に現れれば、まず、まちがいなく、寛美は俺に痴漢を仕掛けてくるだろう。

おそらく寛美は、こういうブルマ姿を好むヤツだと俺はふんだのだ。

そのうえで、寛美が俺を痴漢している現場を、あの盗撮マニアのテルシーこと、日野輝志に激写させようというのだ。あとは、その写真をネタに、寛美を脅せばいいだけだ。

テルシーは喜んで俺に協力するといった。だから、さっそく、この計画を、夕方の下の手線で、実行にうつすことにした。

ガタンガタン、ガタンガタン、ガタンガタン……。

俺は、素早く車両の連結部分を更衣室代わりに使い、用意をすませると、寛美のそばへと寄っていった。

と、数分後、後ろから俺の尻に、掌の感触が伝わってきた。

「キミ、かわいいね。もしかして、こういうことされるのを知ってて、そんな格好でいるのかな？」

来たっ！　間違いなかった。それは寛美の声だった。

「ふふっ、かわいらしいブルマ姿だね」

ところが、俺は、寛美に触られているうちに、妙に感じてしまい、寛美の掌《てのひら》が足の付け根あたりまでブルマを下げようとするころには、完全に勃起してしまっていた。

そして、寛美に、俺が男であることを知られてしまったのだ。

……だけれども、このあとの寛美の反応は、意外なものだった。

「キッ、キミもなの？」

寛美はそういったのだが、その意味が俺には分からなかった。

俺は、男であることがバレたのだから、寛美が自分がなんらかの罠にかけられようとしていると勘づき、すぐさま逃げ出すだろうと思っていた。が、彼女は何を思ったのか、まるまると反り返った俺のペニスを掴み、そのまましごきはじめたのだ。

「なっ、何っ、寛美のヤツ、レズじゃねぇのかよ。まさかどっちでもオッケーなのかよ。

ううっ、くっ」

ヤツの悪戯テクニックは思いのほか、レベルが高く、いつのまにか、俺はすっかり気持ちよくなってしまった。

「ヤバイ、だれか助けてくれよぉ……」

このままでは昇天するのが確実なため、俺はテルシーに助けてもらおうと、SOSを知らせる視線を送った。しかし、テルシーは夢中でシャッターを切り続けていた。

「ふふっ、気持ちいい？　もうすぐピュッと出ちゃいそうでしょ。クスクスっ」

寛美が囁《ささや》いた。

俺は思った。ち、畜生っ。悪戯されるのって、こんな感覚なのかよ。ちっ、かなり恥ずかしいモノなんだなと。

と、そのとき、向こうの車両に、見覚えのある女の姿がちらっと見えた。快感のため、意識を朦朧《もうろう》とさせながらも、目を凝《こ》らすと、小町がこちらへやって来るのが見えた。

「ここまでか……」

寛美も小町がこの車両に入ったのが見えたのか、即座に悪戯中であった指の動きを止め、両手を俺のからだから離した。

「ふっ、ふぅ。助かった」

すでに下半身には力が入らず、からだを支えていた大日向がいなくなると、俺はヘナヘナとその場でへたり込んだ。

スクープ
狙われる女

「ほ、本田君？　な、なんでそんな格好してるのよ」

「あ、ああ、これか？　ちょっと一足お先にハロウィンの予行練習をしてるんだよ」

「……ふ〜ん、本田君って、けっこう、変身願望が強いのね」

「まあな」

「もう、そんなバカなことやってないの。次の駅で着替えてらっしゃい。もう、同じ学校だと思われたくないわね、ふん」

小町は、そういうと、そそくさと次の車両へと姿を消した。

俺は、まだからだの芯がジンジンしていたが、とりあえず、これで寛美の弱みを握ったわけである。


それにしても、「キ、キミもなの？」というのは、いったい、どういう意味なのだろうか？　俺が次に考えたことは、その意味を、まずたしかめようということだった。

小町さえ見ていなければ、そして、寛美がまだこの車両のどこかにいるなら、何も日をあらためなくても、写真を現像していなくても、反撃は可能なはずだった。

で、俺は、次の駅で降りて着替えるのをやめて、人目も気にせず、その場で着替え、ふたたび寛美を捜しにいった。回りにいる一般の乗客が、みんな目を白黒していた。

それはそうだろう。ブルマ姿の女の子だと思っていたら、恥ずかしげもなく、服を着

替えて男に変身したわけだから……。

寛美は、すぐに見つかった。俺は、もちろん、その場で、痴漢を仕掛けてやった。

「おい、さっきは、よくも俺のをしごいてくれたな」

「えっ？」

「まさか、小町の仲間のオマエが、痴漢の常習者だとは思わなかったぜ。でも、オマエ、さっき、俺のを掴んで、妙なことをいったな？　キミもなのかって？　そいつはどういう意味なんだ？」

「やっ、やめろ！　オマエみたいなヤツが、何をいっても、誰も信じないぞ！」

「残念だったな。こっちは仲間がいて、さっきオマエがやってたことをバッチリ写真におさめたんだ。もう観念するこったな」

「なっ、なんだって！」

「さぁ、今度はオマエに恥ずかしい思いをしてもらう番だな！　こんなふうにちょっと触っただけで、感じちゃってるんじゃないのか？　もう呼吸が乱れて、肌もしっとりと汗ばんできてるぜ」

「えっ？　そ、そんなこと……」

「じゃ、次は、いよいよお待ちかねのアソコちゃんを触らせていただきましょうか？　クククッ」

「なっ？　あ、アソコだなんて、ちょっ、調子に乗らないでよ。そんなこと、絶対にさせないよ」

「へへっ……。アンタ、プロをナメるんじゃねぇよ……」

俺は大日向のその部分に手を伸ばした。ところが、寛美は、そこだけは絶対に触らせないとばかりに、激しく抵抗した。一瞬、寛美は男なのではないかという疑いが俺の頭によぎった。いや、それはないはずだ、この肌のしなやかさといい、香りといい、根本的に男のからだとは違っている……。

「なぁ、大日向よ、キミもなのかって、どういう意味なんだよぉ。オマエ、ホントは男でよぉ〜、女装趣味が高じて、自分を女だと思い込んでる変態ちゃんなんじゃねぇの？そのキレイな胸も、シリコンか、なんかでよ。だから、男としての本能が抑えられなくなって、痴漢なんてしてるんじゃねぇのか？」

俺は、とりあえず、大日向をはずかしめるため、ワザと彼女を女装趣味の男だと仮定して、彼女をなじってみた。

「違う！　違う！　ボクぅ、ホントに女の子だよぉ………」

「今さら、そんなとってつけたような女の子言葉にしても、もう無駄だぜ」

「そっ、そんなこと……」

「俺がシゴいてやるよ」

「やっ、やだ、そんなのいいから、やめてぇ……」

そして、俺は大日向の局部に、強引に手を伸ばした。

「そんな照れんなよ、男同士じゃねぇか？　それに、オマエもあんとき、俺のこと男同士だと思ってヤッたんだろ？　ああ、そうだ、ひと言いっとくけど、俺はノーマルで、オマエみたいな趣味はないからな！」

「違う、違うの。そんなんじゃない。僕はホントに女の子だし、あのときだって、君がかわいい女の子に見えたから、それで……」

「なら、証拠はあんのか？　男じゃない、女だっていう証拠がよぉ～」

ついに俺は大日向のその部分に触れた。それまで、俺は半信半疑で大日向をからかっていただけだったのだが、驚くべきことに、大日向のそこには、あきらかにやや小さめながら、男の性器と同じかたちをしたものがついていた。

……しかも、信じがたいことに、そのさらに下の方に手を伸ばせば、女性器もあったのだ。

「やっ、ダメっ、やめてっ、そっちもダメぇえっ」

「おっ、おいおいっ、オマエ、俺、はじめてだぜ。オマエみたいなヤツ。すげえな。どっちもついてるって、どんな気分だ。コラァ」

「えっ、あっ、やっ、いや、ダメぇ、触らないでっ」

「大木の周りを囲む森と、その大木の根本にひっそりと隠れる泉……。うほほっ、いいねぇ、絶景だぜぇ……」

「ああっ、ダメぇえっ。許して、もうダメ。恥ずかしすぎて、何もできないぃ」

「しっかし、驚いたなぁ。まさかオマエが両性具有だったとはよぉ」

男の部分は固く反り返《そ》っていた。しかも、オ××コの部分は普通の女性と変わらず、ちゃんと愛液で潤っていたのだ。俺はコイツのものをしごいてやりながら、自分のものも入れさせてもらうことにした。

「ううっ、痛いっ、ちょっと、いっ、痛いよぉ……」

さらに、ふたたび、腰に力を入れ、大日向の腰を両手で掴むと、残った力をすべて出しきるほどに大きく、下半身をグラインドさせた。

「ああっ、はあっ、こんなの、こんなの、はじめてぇ。あっ、ああっ。ダメっ、動いちゃ、あっ、出ちゃう。出ちゃううっ。あっ、ああっ、あっ、あぁぁあああんっ……」

俺が射精したとき、大日向も射精していた。

すべてを大日向の中にブチ込んだ俺は、はじめての両性具有を経験をしたことで、単なるリベンジというより、不思議な満足感を覚えていた。

第八章　下の手線の美少女

このところ、指導部の動きが急にあわただしくなってきた。噂では、豊田がいよいよ、俺を目のかたきにして、何やら俺を強姦罪で告発しようとしているらしいのだ。そんなある日、俺は久しぶりに森野城病院を訪れていた。

ナベさんが、〝下の手線の美少女〟は、綾子という名の女の子だといっていた。どこかで聞いた名だと、あのときは思っただけだったが、あとになって、もちろん、森野城病院の綾ちゃんを思い出したのだった。で、さっそく綾ちゃんに聞いてみた。

「綾ちゃん、あのね、ちょっと聞きたいことがあるんだけど……。あっ、あのさ、ひょっとして、キミ、〝下の手線の美少女〟って、呼ばれていたことはないかなぁ。お願いだから、教えてくれないか」

綾ちゃんは、黙っていた。俺は内心、なんてことを聞いてしまったんだと、後悔しはじめていた。けれども、彼女はポツンといった。

「うん。私は、下の手で遊んでいたわ……。恥ずかしい子でしょ？」

俺は、にわかに何を聞いていいのか、まったく分からなくなってしまった。

そのときである。なぜか、部屋の前のドアの向こうから聞き覚えのある声が聞こえた。

「蒼野さん、豊田だけど、また、お見舞いに来たんだ。入っていいかな？」

豊田……。

そう、綾ちゃんを訪ねてきたのは、紛れもなく、あの豊田翔児だったのだ。

俺は、あわててベッドの下に隠れることにした。この状況が何を意味しているのか、まるで分からなかった。

しかし、豊田は見舞いの花束《はなたば》をおいて、すぐに帰っていった。

俺は、豊田のことも、綾ちゃんに聞いてみた。

「ふぅ〜っ、ベットの下は狭かったよ。ハハハっ、いや、助かったよ、綾ちゃん。それにしても、綾ちゃんって、アイツとはどんな知り合いなのかな？　俺もアイツとは、ちょっと面倒な経緯《いきさつ》があるんだ」

「えっ、アタシ、豊田君とは同じ学校なの……」

「へ〜っ、偶然だね。豊田と同じ学校ねぇ。ってことは、俺と同じ学校じゃん」

綾ちゃんは、前から俺を知っていたかのようにクスクスと笑った。

「でも、綾ちゃんみたいなかわいい女の子が、同じ学校にいるのに、知らなかったんだもの、俺もマヌケだね。、まぁ、俺はともかく、豊田は有名だもんね、あの野郎は顔もいいし、綾ちゃんも、ああいった男がタイプなんだよね？」

そう俺がいうと、彼女はゆっくりと左右に首を振った。

「でも、とりあえず助かったよ、俺はね、あることで豊田に追われてるんだ……」

一瞬、彼女の眉が、わずかに反応したように見えた。が、俺はかまわずに話を続けた。

「なんかね、俺は、あいつのせいで、身に覚えのない強姦《レイプ》の犯人にさせられそうなんだ」

俺がそういうと、彼女は、突然、ベッドから立ち上がった。

「えっ？　どうしたの、綾ちゃん？　だっ、ダメだよ、綾ちゃん、ちゃんと寝ていないと……」

「都を、都をさがさないと……」

「えっ、都ちゃんのことも知ってるの？　ダメだよ、まだ完全には治ってないんだから、安静にしていないと……。いいよ、俺も都ちゃんとは知り合いなんだ。彼女に聞けば、何か分かるんだね？　大丈夫だよ、俺、彼女とは仲がいいんだ。だから安心していてよ」

そのあと、急いで俺は、豊田のあとを追った。豊田は、まだ病院から出て、公園のほうへ向かって歩き出したばかりだった。

気づかれないように、距離をおいて、あとをつけていった。そして、なんと公園で、小町が豊田を待っているところを目撃することになったのだ。

なぜか二人の様子はおかしかった。

それで、俺は物陰に隠れて、彼らの話を立ち聞きしてみたのである。

「そうね、あの時は、綾子さんに見られていると思ったんだけど、彼女には悪いことをしたわね」

「でも、もう彼女は、しゃべることはないはずだよ、あの件は、もう安心しても、いいんじゃないのかい？」

いったいい、なんの話をしているのだろう。俺には二人の会話の内容が、まったく掴めなかった。ただ、ひとつだけ分かったことは、やはり、〝下の手線の美少女〟であるらしい綾子ちゃんが、この話の軸だということだった。

「綾子ねぇ」

「それにしても、キミは、ほんとうにあんなヤツのことが好きなのかい？　なんでボクでは不服なんだよ、今日こそ君の口から聞きたいんだけど……」

「そうね。何度も聞かれると困るんだけど……。そういうのって、一回だけ答えると、二度も三度もいわなくていいものなんじゃないかしら」

「それが答えなのかい？　ボクは君のことを思って、あんな大それたことをしたんじゃないか、それなのに、そんないい方はないよ」

「アタシのためを思って？　どうだか？　それはアナタの勝手な理屈なんじゃないの。でも、たとえアナタが本気でそう思って、やったんだとしても、今度からは、あんなマネはしないでね。アタシ、迷惑してるんだから」

「なんで、それほどまでに、彼に執着するんだい？　理由を聞かせてほしいな」

「とにかく、あのことは彼には秘密にしておいてちょうだいね。アタシもアナタの秘密を守るから……」

「あっ、ああ、分かっているよ」

「アタシはね。あまりアナタといっしょにいて、彼に勘違いされると困るのよ。それにしても、豊田君。この際、はっきりと聞いておきますけど、彼に何か恨みでもあるの？」

「恨み？　恨みってわけじゃないさ。彼がいて、都合がよかったってことはあるけど。君だって、その点については、同じだろ」

「そうかもね」

「そのことを考えれば、もうボクたちは、普通の関係じゃないんだよ。ねぇ、小町さん。俺たちは、お互いに、共通の秘密を持った仲間同士ってわけさ」

「それって、ひょっとしたら、脅しっていうんじゃない。しつこい男は、嫌われるわよ」

「へぇ、なんとでもいうといいよ。それにしても、彼の前で、こんなことをしてるなんてね……。すごいよね」

豊田は、そういって、小町に何かを見せた。

「そう、アナタがアタシの様子をうかがっているのは知ってたけど、こんな写真まで撮ってたんだ。豊田君。これからは、お互い、もっと距離を取った方がいいんじゃない。あきれたわ、アナタが、こんなことまでするとは思わなかった……」

「それはないな。俺がどんな男か、キミは知ってたはずだろ？」

「そうね。アナタは、人の弱みは見逃さない人だったわね」

「ずいぶんないい方だね。ボクを怒らせる気かい？」

「ふ〜ん、どうなるの？　女の子に人気ナンバーワンの豊田君を怒らせると？」

「ボクを怒らせてもねぇ。そうだね、大したことにはならないよ。ただ、下の手線からまた一人、美少女が消えるってことになるだけだよ」

「わるいけど、アタシ、それほど、ヒマじゃないの。また、今度にしてくれる？」

「あっ、小町さん、ボクは本気だよ」

そこで、二人は黙り込んだ。ようやく二人の話が一段落したようだった。そして。二人は、別々の方向へと歩いて行った。

俺は、二人が話していた、彼って、いったい誰なんだろうと考えていた。小町が惚《ほ》れている相手らしいのだが、その見当がどうしてもつかなかったからだ。

俺はもう考えがまとまらなかった。そして、自分の考えをまとめるためにも、都ちゃんに会いたいと思っていた。綾ちゃんが、都ちゃんが何かを知っているようなそぶりを見せていた。俺が聞きかじった豊田と小町の情報も、都ちゃんと話せば、もっと、はっきりすることもあるのかもしてなかった。

やっぱり、都ちゃんに聞かないと、でも、都ちゃんはどうしたんだろ？

そう考えつつ都ちゃんを捜すため、下の手線の車内を夜遅く、徘徊《はいかい》していると、ふとパジャマ姿で歩いている女の子が目に止まった。

「んっ？　あの格好は……」

その女の子は、いうまでもなく、綾ちゃんだった。しかも、彼女は、病院から抜け出したパジャマ姿のままで歩いていた。

「おい、どうしたの、綾ちゃん？　だ、ダメだろ、病院でちゃんと寝てないと」

「大丈夫。もっ、もう、一人で歩けるから」

「それにしても、その格好じゃ冷えるよ、でも、どうしてこんな格好で？」

「都を、捜さないと」

「えっ、都ちゃんを」

どうして綾子は、そんなに躍起《やっき》になって、都を捜しているのだろう。

この前のときもそうだった。都という名前を聞いたとき、彼女は過敏な反応を示していた。

「都ちゃんなら、俺も捜してところなんだ。だけど、なぜか今日は、どこにいるのか、分からないんだ」

綾子ちゃんは、首を左右に振ると、俺の手を引いた。

「えっ、都ちゃんのいる場所、キミは、見当があるのかい？」

俺の問いに、彼女はゆっくりとうなずいた。

「分かったよ、綾ちゃん、いっしょに行こう」

そして、彼女に導かれて、俺は一度列車を降り、別の車両へと乗り込んだ。


ガタンガタン。ガタンガタン……。

本当にこの電車の中にいるのかな。そう不安に感じながらも、俺は人気のない車内を綾子ちゃんと二人で、しばらく歩いていった。次の車両へと足を進めようとしたとき、通路のドアごしにピンクの服を着た女の子の姿が見えた。

「んっ。あれは？　あっ、いた！　都ちゃんだ」

久しぶりに見た都ちゃんの姿に、俺は嬉しくなり、綾ちゃんのからだを支えながら、急いで次の車両へと向かった。が、その車両のドアを開けてみると、もう一人、都ちゃん以外に見覚えのある姿があった。それは驚いたことに豊田翔児だった。

「えっ、豊田と都ちゃんが」

「ふふっ、ふふふっ…」

そのとき、都ちゃんが俺に気がつき、笑みをもらした。

「えっ？」

「私よ、小町よ。こっまっちっ」

座席に座っていた都ちゃんは、ゆっくりと目を閉じたまま、眼鏡《めがね》をかけて見せた。

「えっ？　こっ、小町？」

髪型、服装はちがってても、そいつの顔を俺が見間違えるはずもなかった。この眼鏡をかけた顔立ちは、まちがいなく八重崎小町、本人であった……。

「なるほどな。へへっ、俺を騙《だま》していたのかよ」

都は、今まで俺に色々と貴重な情報を提供してくれていた。たとえ、俺には手に余る、厄介な獲物が相手であっても、彼女は的確な情報や仕込みの方法を、手取り足取り、俺に教えてくれた。だが、それも、すべては、俺を油断させるためであり、いつかは俺を罠にはめる計画だったのだろう。

「ちっ、やけに仕込みの情報が的確だと思ったら、こういうことだったのか！」

八重崎小町……。

俺は混乱していた。……が、コイツから聞きたいことは、山ほどあった。でも、とりあえず、まず彼がなぜ、ここにいるのかを聞いてみることにした。

「小町ぃ。どうして豊田が、ここにいるんだよ？」

「彼も、本田君と同じなのよ。痴漢の常習犯なの」

「えっ？　とっ、豊田が、痴漢の？」

信じられなかった。彼が痴漢の常習犯だということを聞き、思わず、豊田の方を向いた。だが、彼は何もいおうとはしない。口を閉ざしたままで、まばたきもせず、ジッとその場で立ちすくんでいた。その様子は、まるで何かに怯《おび》えている感じだった。

「このあいだも、彼、アタシに痴漢をしてきたのよ。しかも、巡回のときにね」

「ってことは、俺にさんざん注意をしておいて、コイツは、自分も痴漢してたのかよ」

「それで、車内の巡回中に、アタシが彼に辱めを受けているとき、偶然、綾子さんに見つかってしまったのよ」

「なるほどな。それで口封じのために、綾ちゃんにひどいことをして、入院させたのか？」

今までずっと、俺をバカにし続けてきた豊田に対し、怒りが込み上げてきた俺は、ヤツの方を強く睨《にら》んだ。が、いつもの強気な態度は、もうかけらもなく、それどころか、視線すら合わせようとはしなかった。

「なっ、なんだよ、今日の豊田の野郎は。でも、コイツは、ＯＫだったんだろ、学校にバレないように、口封じができたからな」

「豊田君の方はね。でも、アタシは違うわ」

「あん？　どういう意味だよ」

「アタシは、豊田君に痴漢をされて、それに耐えていたんだけど、その理由はね。私が都であることを本田君に教えて欲しくなかったからなの。彼、アタシが都だってこと、知ってたから……」

「あぁ？　どうして俺に知られたくなかったんだよ。ひょっとして、学校側にバラすとでも思ったのか？　バカいえよ。俺のいうことなんか、教師も学生も信じるもんかよ」

俺は、軽く、いった。でも、小町は思いつめたように、唇を噛みしめて、いった、

「……それくらい。好きなのよ。アタシ」

「えっ、なんだって。好きって、誰を？　俺？　俺が好きなのか？　オマエ！」

その言葉にうろたえる俺に、素顔の彼女は、軽くうなずき、急に表情を和《やわ》らげた。

「ちっ、ま、まあいい。そんなことは。で、俺にバラされたくなかったから、豊田に脅されるままになっていたのかよ。なるほどな。豊田は、俺にすべての罪をなすりつけ、オマエも脅されている立場なら、迂闊《うかつ》に彼が犯人だとは、いえねぇもんな」

小町は、ただ俺の話を否定せず、黙っていた。

「二人して、俺とほかの指導部の連中の前で一芝居打ったってことだよな。へ、へへっ、ちっ、よくやるよ。オマエら」

そのとき、豊田が何を思ったか、口を挟んだ。

「こっ、このバイタめっ、本田君。八重崎さんは、とんでもない女だよ」

そして、彼はそう吐き捨てるかのようにいうと、そのまま他の車両へと走っていった。

「ちっ、なんなんだ。豊田のヤツ？　しっかし、豊田がオマエに痴漢しているところを綾ちゃんに見られたからって、それで、ヤツが彼女を襲うなんてよ。それも、ただ痴漢の常習者であることをただ口封じするためだけに……。アイツ、ホントに鬼畜の外道だったんだ！」

「ふふっ、でもね、綾子さんは、豊田君ってこと、知らなかったのよ」

「何っ。じゃあ、豊田が勝手に面《めん》が割れたと思い込んでたってことかよ。まっ、あいつの立場上、少しでも悪い噂がたてば、マズいだろうものな」

「当然、豊田君は、綾子さんから何度も話を聞いて、綾子さんが彼が犯人だと思っているか、たしかめようとしたと思うの」

「自分が痴漢していた決定的な現場を見られたと分かったら、やはり不安だろうからな」

俺がそういうと、小町はそのとおりだとばかりにうなずいた。

ちっ、なるほどそうか。

あのときの豊田の綾ちゃんに対する見舞いというのは、そのことを確認するためだったんだな……。

「おそらく何かしら遠回し気味に、綾子さんに聞いたんだろうけど、それで、彼女、あのときの痴漢の男が、豊田君だってことに気づいたのね」

「聞き出そうとして、逆に墓穴を掘ったたってわけか？」

「彼、顔にすぐ出るタイプだから、しかたがないかもね」

「へへっ、で、豊田は不安になって、オマエに聞きに来たんだろ？　綾ちゃんに顔を見られたかどうか、オマエはどう思うかって」

「うん。なかなか綾子さんが何もいわないから、痺《しび》れを切らしてアタシに聞いて来たわ。あの角度では豊田君は、おそらく顔までは見られてないはずなの。でも、アタシ、アナタは顔を見られたにちがいないって、いってやったわ。そうすれば、彼、きっと何か仕掛けてくると思ったの」

「そのあと、豊田が部下を使って、綾子ちゃんを犯させたのか？　ちっ、ひでえな。オマエがそんなことさえ、いわなかったら、綾ちゃんは無事だったろうに。なっ、なんだ。綾ちゃんが、下の手の美少女だから、お前には目障《めざわ》りだったのか？」

小町は目をつむり、両腕を後ろに組んで、その場でクルリと回った、その澄ました顔は、すべてを見越していたかのようにさえ感じられた。

やっぱりそうだった。下の手の美少女……。

それは俺の運命を変えてくれる理想の女。それゆえに彼女には邪魔だったのだ。俺に

近づき、平穏に悪戯のパートナーを続けるために……。

「これで一連の痴漢事件は終わり。明日からは、巡回は打ち切りよ。これでもう、本田君を邪魔する人もいなくなったわ」

いつもと変わらぬ、都の表情で、座席へと腰を掛ける小町。

いや、その顔は、眼鏡を外しているにもかかわらず、今の俺には、もう八重崎小町にしか見えなかった。

「しっかし、小町ぃ。豊田をうまいこと使ったな。綾子が、ああなることも知っていたはずなのに。けっ、オマエはひどい女だよ」

「ふっ。ふふっ。そうよ、私は悪い女よ。本田君より悪い子かもね。でもね、アタシ、本田君のこと、誰にも負けないくらいに好きなのよ。これは本当よ。信じて。本当はただ、あなたといっしょにしゃべっていたかっただけなのよ。本田君に痴漢されている時、いつも嫌がっていると、アナタは思っていただろうけど、本当は、いつもセックスしたいと思ってた……。本田君が望むのだったら、毎日、何度でもフェラチオだってしてあげるわ。ふふっ。ほら見て……。どんなに辱めを受けても、アタシは耐えられるわ。それくらい、好きなのよ、アタシ。どっ、どうしちゃったのか、自分でも分からないの。本田君？　エッチしていかないの？　えっ？　どうして？　ねぇ、どうして、何もいっ

てくれないの」

「綾子ちゃんが隣の車両で待ってるんだ……。ホントの〝下の手線の美少女〟は、彼女なんだよ。オマエじゃねぇ」

俺は、それだけ告げると、綾子ちゃんのいる車両へと歩いていった。

「何っ？　何が不足なの？　何に問題があるの？」

「俺は、〝下の手線の美少女〟以外には、興味はねぇってことだよ。じゃあな」

「ほっ、本田君！　なんで、私で充分じゃないのよおおおっ！　うっ、ううっ、うあぁあぁっ。あああぁあぁっ、あああぁっ……」

「なっ？　小町っ」

隣の車両へと続くドアを開けようとした時、突然、小町が、俺に後ろから抱きつき、背中ごしに、泣きすがった。

「おっ、お願ぃ！　ダメぇ。私から逃げなぃでぇぇっ。ううっ、うっ、ううっ……」

「本当に悪い女だな。オマエは……」

「本田君だって、悪い男の子じゃないのよぉっ」

「小町ぃ。そんなに俺のことが好きならよぉ？　俺色に染めてやるよおおおっ」

ドサァアアアアアアツ。

いつしか、その車両には、乗客が一人もいなくなっていた。

それからの俺の行動は、自分であとから思い出してみても、もう衝動にまかせたものだというしかなかった。

……ドアにかけていた手を離し、振り向きざまに、小町に覆い被《かぶ》さり、そのままなだれ込むように、座席へと小町を押し倒した。

「ほ、本田くぅん」

まるで俺にこうされることを待ち望んでいた……、そんな喜びの混じった低い声で、小町は俺の名を口にした……。

「へへっ。小町ぃ。おしおきをしてやるよ」

座席に仰向けになった小町の服を、俺は、さっそく脱がせはじめた。

しかも、ワザと彼女が抵抗するように強引にであった。

だが、小町は、まったくなんの抵抗も示さなかった。

それどころか、逆に、俺の脱がすタイミングに合わせて腰を上げたりした。

「ちっ、小町のヤツ。俺をバカにしてやがるのか！」

服をすべて脱がし終え、暴れないように、両腕を押さえた。が、小町の細い腕には力が入っていなかった。

「おい、小町ぃ。俺が優しくするとは、限らないんだぜ」

彼女はジッと俺の目を見据えていた。その吸い込まれそうな瞳を見つめていると、俺

は次第に恥ずかしくなり、目を逸《そ》らして指先を彼女のオ××コへと忍ばせ、まさぐりはじめた。産毛すら生えていない恥丘の割れ目の上部には、勃起して包皮からむけ出ているクリトリスが顔を覗《のぞ》かせていた。

「あっ、ああっ……」

「へへっ、いい声を出すじゃねぇかよ、おいっ。イヤらしい女だなぁ。ったくこの程度の愛撫《あいぶ》でよぉ」

辱めようと、口から卑猥《ひわい》な言葉を連呼し、ふたたび小町の顔色を覗き込んだ。嘘偽りを問うものではなかったが、小町は、ただ涙で滲《にじ》んだ両の丸い瞳で、俺を見上げていた。

「うっ、なっ？　なんなんだよ。これは。胸が、くっ、苦しい」

小町のその瞳を見ていた俺は、次第に心の中に、かって知らなかった感情がこみあげてくるのを感じ出していた。

同時に今まで、これほど激しく鼓動を打っていなかったのに、俺の心臓が、ふたたび脈打つようになっていた。なぜだか分からなかったが、紛れもなく、これまで釈然としなかった小町に対する思いが徐々にではあったが、薄れていった。

「あっあっ、こっ、小町ぃいいぃっ」

からだの震えがとまると、俺は、小町の両胸に引き込まれるように顔を埋めていた。

そこは思ったよりも温かく、同時に彼女の胸の鼓動も俺のそれに負けず劣らず激しく

脈打っていることを、頬で感じた。

「小町ぃ。オマエもすげぇ興奮してるだろ。ドクドクっていってるぜ！」

「だっ、だってぇ。こんなこと、はじめてなんだもの」

「お、俺も、こんなのは、はじめてなんだ。電車の中って意味じゃねぇ。こんな、気持ちで女を抱くなんてよぉ」

小町の火照った素顔から目を逸らさず、俺は濡れたオ××コから離した指を、口元へと運んで何度も舐《な》めた。

今までの俺は、自分本意以外に、男と女の行為をしたことはなかった。そのため、今の気持ちのままでは、いつものとおりにすることができず、もう、どうしていいのか分からなかった。

甘く、濃い香り、口先に感じる粘膜の味わい。それを、そのまま舌で、口内の隅々まで広げて味わった。それこそ、紛れもない小町のオ××コから溢れ出す蜜の味だった。

「よし、小町っ。いいか？」

ムニッ、ムニニッ。

小町に抱きついたまま、挿入しようと、彼女の股《また》を開かせ、そのまま肉棒の先端部分を埋め込みはじめた。

だが、小町の性器は小さい。

第八章　下の手線の美少女

それに、思った以上に中が狭かった。おそらく肉の先端から伝わる感触からすれば、尻の穴と大差がない亀裂しかないようだった。

「小町ぃ、悪ぃ。痛いか？」

「ううん、大丈夫。平気よ」

どれほどの痛みなのかは、男の俺には分からなかった。

が、小町は今まで見せなかった表情を浮かべて、温かい肉と粘膜がピッチリと俺の分身を迎え入れており、逆に根元まで咥《くわ》えられているかのようであり、肉棒の方が悲鳴をあげそうなほどだった。

「あっ、あっ、あんっ、ああっ、あっあっ」

きつく締められ、小町を抱いたまま、一心不乱にピストン運動を繰り返した。

そして、今までに味わったことのない快感に、耐え切れなくなった俺は、ありったけの精液を小町の中へと放出した。

彼女も背中をそらしつつ、大きな喘《あえ》ぎ声を発し、そして昇天していった。

「あっ、ああっ、あっ、あぁぁあああんんっ」

エピローグ

年が明けて、新学期の初日、俺は、めずらしく朝から登校しようとしていた。

その日は、これから小町との新しい日々を送る門出に相応しい晴天であった。

「あ、あれっ？」

ふと車内を見渡すと、見るからに気の弱そうな女子学生を見かけた。

俺は、いつもの習性で、近くに寄り、彼女に軽く痴漢をはじめようとした。

そのとき……。

「ち、痴漢っ、こ、この人、痴漢ですっ」

女が俺の手を掴《つか》んで、突然、大声でわめき出した。

「なっ？　何っ？」

「ちょっと、次の駅で降りてもらおうか」

ガチャッ……。

その女性の叫び声で車内の乗客が一斉に俺の方を振り向いた瞬間、気づかないうちに近場にいた私服警官たちに回りを取り囲まれていた。

私服警官たちは、まるではじめから予測していたかのように、迅速な行動で、俺の両手を掴み上げた。

それは、余りにもタイミングがよすぎた。

彼らは、あきらかに、あらかじめ俺を見張っていて、もしも俺が痴漢をしたら、すぐ

にも逮捕できる態勢で待っていたにちがいなかった。

なんとか逃げようと暴れている俺の目に、俺が痴漢をしようとした女性の横に立つ、一人の男の姿が映った。

豊田翔児だった。

ヤツは、女の子に対して、よく頑ばったとでもいいたげに見えた。あるいは、その女の子がヤツの新しい悪戯のパートナーであるのかもしれなかった。

「ち、畜生っ。豊田の野郎、これが俺に対する復讐のつもりか！　小町にふられたからって、やることが、男らしくないぜ。まったく、小町の顔も見れずにコレかよ。ツイてねぇや……」

俺はひと言だけでも、豊田のヤツに毒づいてやりたかったが、警官たちにせき立てられて、それも叶わなかった……。


それから俺は、今までの罪の清算のために、薄暗い鉄格子の中で、しばらく暮らすこととなった。

「おい、あんちゃんや、ムショは何回目じゃ？」

同房の男に声を掛けられた。

それは、男といっても、どちらかといえば老人ではあり、ここへ来て、まだ一度も話

スポーツ 飲料

JR　駅
時刻表

をしたことがない相手だった。

「なぁ、あんちゃん。少しは、シャバのことを聞かせてくれんかのう。俺はそれだけが楽しみなんじゃよ」

「そうかい。まぁ、俺も、話し相手があった方が、気が紛れる。何か、話してやろうか。じいさん、どんな話を聞きたいんだ。女の話か？」

「そりゃぁいい、アンタは男っぷりがいいから、さぞかしモテたんだろう」

「まあな。色々なヤツに出会ってきたな……」

そういって、俺は、ちょっと思い出に浸り、黙り込んだ。

もちろん、誰よりも忘れられない女の顔が俺の脳裏によぎった……。


小町……。ちっ、俺色に染めてやるって、いったくせに、すっかり俺は、オマエの色に染められちまった。けっ、やられたよ。今ごろ、オマエは何をやってんだ？

そんなことを思いながら、俺は、ただただ小町が恋しかった。

だが、心の中で、小町が俺を待っていてくれているとも信じていた。

だって、そうでないわけはないだろう。

そう、俺は、俺たちが、ナベさんと杏さんのような最強のコンビに、いつかなることを夢見ていた……。

待ってろ、小町。

もうすぐ、もうすぐ、俺は出所するから……。

俺は、日に一度は、そう呟くようになっていた。

そうすれば、その言葉が、なぜか、どこかで俺を待っている小町に届くような気がするからだった。

あとがき

『悪戯Ⅲ』は、非常によくできたゲームだと僕は考えています。

それは、まず、多彩な登場人物のグラフィックをすべて出すために、さまざまなイベントをこなさなければならなかったり、各種のアイテムが必要だったり、ゲーム的なおもしろさにハマレる要素がしっかりとあるからです。

そして、最初は難しくても、隠しパラメータで経験値が上がっていくので、最終的には、難易度の高いキャラも痴漢ができるようになるというのもいい……。しかも、主人公が相手をする女性たちの数が多くて、ボリューム感もたっぷりとあるわけです。

僕はこれまで、このパラダイムノベルスで、過去に3作のノベライズを担当させていただいたのですが、一番長い時間遊んでみたのが、今回のこの『悪戯Ⅲ』でした。


とはいえ、小説化には、とても苦労してしまいました。

これは、あまりにも膨大なシナリオの、どの部分を活かすか、すっかり悩んでしまったからでした。

けっきょく、皆口愛梨《みなぐちあいり》、一ノ瀬《いちのせ》キララ、恋野衣舞紀《こいのいぶき》、一条妃美華《いちじょうひみか》、ジャンヌ・ロメオなどのお話を削ってしまったのですが、これらのキャラのファンの方には、大変申し訳ない

ことをしたと思っています。

また、いくつもの話を盛り込むために、書き方がどうしても駆け足になって、個々の物語については充分に書ききれていないというところも、多々あることでしょう。

僕としては、その代わりに、なるだけ原作の雰囲気を活かすべく努力したのですが、いかがでしょうか？　もしも、原作で遊んでいないで、このノベルスを読んでくださっている方がいらっしゃるなら、ぜひ、原作のゲームでも遊んでいただきたいと思います。

痴漢のゲームだということで、あるいは偏見を持たれやすい面もあろうかと想像しているのですが、純粋にゲームとして見れば、やはりおもしろいゲームだからです。

さて、いうまでもなく、痴漢は立派な犯罪です。

ゲームのパンフレットにも、次のような文章が記されています。

「悪戯Ⅲ」は痴漢をテーマとして作成されておりますが、事実を基に作成されたものでも、実体験を基に考えられたモノでも決してございません。全て根拠がなく、創造で考案され、制作されたものです。（略）痴漢は重大犯罪です。（略）このゲームの影響を受けて、万が一実行したが為に起きてしまったあらゆる責任について、当社は一切負いかねますのであらかじめ御了承下さい。（略）痴漢は基本的に現行犯で逮捕され

ます。逮捕されると、親兄弟、会社、職場へ例外なく通知（初犯も同様）されます。
つまり社会的な制裁が待っているという事で、その後の人生で職を失う、友達を失う、未来に影が落ちる等…あまりにも代償としては大きいのです。これはまぎれもなく、痴漢が重大な犯罪である事の証拠です。しかしながら、軽い気持ちで行う人がほとんどであり、ゲーム内での遊びで止めておく事を強く願います。以上の事をお守り頂けませんと今後このシリーズは開発が出来なくなる可能性がございますのでお願い致します。

これは、当たり前すぎて、いうまでもないことでしょうが、この場で、やはり、みなさんにもう一度、確認しておいていただきたいと思ったので、再録させていただきました。

平手すなお

悪戯Ⅲ

2001年１月10日 初版第１刷発行

著　者　平手 すなお
原　作　インターハート

発行人　久保田 裕
発行所　株式会社パラダイム
〒166-0011 東京都杉並区梅里2-40-19
ワールドビル202
TEL03-5306-6921 FAX03-5306-6923

装　丁　林 雅之
印　刷　株式会社秀英

乱丁・落丁はお取り替えいたします。
定価はカバーに表示してあります。

既刊ラインナップ

定価 各860円+税

1 悪夢～青い果実の散花～ 原作：スタジオメビウス
2 脅迫 原作：アイル
3 痕～きずあと～ 原作：リーフ
4 慾～むさぼり～ 原作：May-Be SOFT TRUSE
5 黒の断章 原作：Abogado Powers
6 淫従の堕天使 原作：DISCOVERY
7 Esの方程式 原作：Abogado Powers
8 歪み 原作：May-Be SOFT TRUSE
9 悪夢 第二章 原作：スタジオメビウス
10 瑠璃色の雪 原作：アイル
11 官能教習 原作：テトラテック
12 復讐 原作：クラウド
13 淫Days 原作：ルナーソフト
14 お兄ちゃんへ 原作：ギルティ
15 緊縛の館 原作：XYZ
16 密猟区 原作：ZERO
17 淫内感染 原作：ジックス
18 月光獣 原作：ブルーゲイル
19 告白 原作：ギルティ
20 Xchange 原作：クラウド
21 虜2 原作：ディーオー
22 飼 原作：13cm
23 迷子の気持ち 原作：フォスター
24 ナチュラル～身も心も～ 原作：フェアリーテール
25 放課後はフィアンセ 原作：スィートバジル
26 骸～メスを狙う顎～ 原作：SAGA PLANETS
27 朧月都市 原作：GODDESSレーベル
28 Shift! 原作：Trush
29 いまじねいしょんLOVE 原作：U・Me SOFT
30 ナチュラル～アナザーストーリー～ 原作：フェアリーテール
31 キミにSteady 原作：ディーオー
32 ディヴァイデッド 原作：シーズウェア
33 紅い瞳のセラフ 原作：Bishop
34 MIND 原作：まんぼうSOFT
35 錬金術の娘 原作：BLACK PACKAGE
36 凌辱～好きですか?～ 原作：アイル
37 My dearアレながおじさん 原作：ブルーゲイル
38 狂＊師～ねらわれた制服～ 原作：クラウド
39 UP! 原作：メイビーソフト
40 魔薬 原作：FLADY
41 臨界点 原作：スィートバジル
42 絶望～青い果実の散花～ 原作：スタジオメビウス
43 美しき獲物たちの学園 明日菜編 原作：ミンク
44 淫内感染～真夜中のナースコール～ 原作：ジックス
45 My Girl 原作：Jam
46 面会謝絶 原作：シリウス
47 偽善 原作：ダブルクロス
48 美しき獲物たちの学園 由利香編 原作：ミンク
49 せ・ん・せ・い 原作：ディーオー
50 sonnet～心かさねて～ 原作：ブルーゲイル
51 リトルMyメイド 原作：スィートバジル
52 flowers～ココロノハナ～ 原作：CRAFTWORKside:b
53 サナトリウム 原作：ジックス
54 はるあきふゆにないじかん 原作：トラヴュランス

パラダイム出版ホームページ　http://www.parabook.co.jp

好評発売中!

PARADIGM NOVELS シリーズ情報！

Kanon

―カノン―

雪降る街の、5つのラブストーリー

好評発売中

Vol. 1　雪の少女:名雪
Vol. 2　笑顔の向こう側に:栞
Vol. 3　少女の檻:舞
Vol. 4　the fox and the grapes:真琴
Vol. 5　日溜まりの街:あゆ

〈パラダイムノベルス新刊予定〉

☆話題の作品がぞくぞく登場！

104.尽くしてあげちゃう２

トラヴュランス　原作
内藤みか　著

　大輔は一見ぶっきらぼうだが、本当は心優しい男の子。そんな彼を狙っている女の子が４人もいたのだ！

100.恋ごころ

RAM　原作
島津出水　著

　主人公は武術や護符を操り、小さな村を守っている導師。だがたび重なる野盗の襲撃に、一人で戦う限界を感じ弟子を募ることに…。

112.銀色

ねこねこソフト　原作
高橋恒星　著

　どんな願いも叶えてくれるといわれる「銀色の糸」。物語は平安時代から始まり鎌倉時代、大正時代、そして現代へと進んでゆく…。